大活字本シリーズ

山本兼一

信長死すべし

《中》

信長死すべし

中

装幀　関根利雄

目次

もう一人の勅使　明智光秀

天正十年五月四日
安土　明智屋敷

一

明智光秀は、闇のなかで目覚めた。

このところ、眠りが浅い。

眠っているあいだも、さまざまな思いが悪い夢となって駆け巡るので、息苦しくなってしまう。泥の沼に足を取られて水底《みなそこ》に沈み、もがき、あがき、ようやく水面《みなも》に浮かび上がるように、ふっと目が覚める。

今宵《こよい》も寝汗をかいている。

――熙子《ひろこ》。

と、次の間に声をかけようとして、じっと闇を睨《にら》んだ。

気がついた。

ここは、妻女熙子のいる坂本の城ではなく、安土城下のおのが屋敷であった。

褥《しとね》に半身を起こすと、頭痛がした。

こめかみから長い針を突き刺したように、頭の芯《しん》まで鋭く痛む。

若き日の流浪時代の苦い思い出や悔恨が束になって突き刺さり、身を苛《さいな》んでいる。辛《つら》さ苦しさばかりが、胸を締めつける。

そして、いまのわが身。

昨日もまた、主君信長に愚弄《ぐろう》された。

忿怒《ふんぬ》と情けなさが、混じり合って、わが身を苛む。

――わが境涯は、所詮《しょせん》、泡沫《うたかた》か……。

ちかごろ、そんな思いがふつふつと湧いてくる。

武士たる者、合戦で功を成し、国を得て城を築き、仁慈をもって民を安寧《あんねい》に導くのが、一生の仕事である――。

光秀は、そう確信している。

十年あまり前、近江坂本の城を、信長に任せられてからというもの、そう心得て治世にあたってきた。

丹波、丹後攻めを命じられてからは、粉骨砕身、勇と智とをもって果敢に各地の城を攻め落とし、領国を拡げてきた。

そして、新しい領民にも仁をほどこしてきたつもりである。

そのあいだに、大坂の石山本願寺を攻め、二度目の裏切りをした松永弾正の大和信貴山城《しぎさんじょう》を落とした。われながら、たいへんな働きぶりだったと自負している。

かねて、そのことは信長も認めてくれていた。

しかし——。

いま、信長のことを思えば、頭の芯が針を刺されたごとくにずきずき痛む。

この安土にいるかぎり、信長のことを思わないときは片時もないのだから、つまり、いつも頭の芯が痛いということだ。

信長のおかげで、じぶんは、流浪の身から、陽の当たる場所に出てこられたのだと感謝している。城持ち大名となり、畿内《きない》の政務の多くを任され、畿内管領《かんれい》とでもいうべき重い立場になった。

そのことは、感謝こそすれ、いささかの不満もない。

しかし――。

あの男は、どうしてああまで傲慢《ごうまん》で横暴なのか。周囲に人無きがごとくに振る舞うのか――。わが主君ながら、呆れざるを得ない。

そばに仕える者として、できれば苦言のひとつも呈したいところだが、そんな口のきける空気は睫毛《まつげ》の先ほどもない。

信長は、いつも目に凜冽《りんれつ》な光をみなぎらせ、厳しい表情を崩さない。

光秀が初めて仕えたころからそうだったが、つねに意識が張り詰めていて、瞬時も弛緩《しかん》することがない。その緊張が、ちかごろはいや増している。

そのうえに、傲岸不遜《ごうがんふそん》。

人に譲るとか、慈悲を施すとか、仁をもって臨むとか、およそ君子がそなえるべき徳に欠けている――。そう思わざるを得ない。

あの男は、どうにも、じぶんが神か仏にでもなった気でいるらしい。

世の中のことすべてが、じぶんの思いのままに動かせるものと勘違いしているにちがいない。

実際のところ、安土城内に建立した摠見寺本堂には、盆山《ぼんさん》を祀《まつ》り、それをじぶんの代わりに拝ませている。黒塗りの盆に白砂を敷き、その上にのせた石だ。美しいすがたをしているが、所詮は石にすぎない。

驕《おご》りも、ここに極まれり――、と思えてくる。

そのことについて、まかり間違って、なにか諫言《かんげん》めいたことでも口にしようものなら、たちまちその場で斬り殺されるか、追放の憂き目にあうだろう。

武田を討伐した遠征の帰路、光秀は、たったひと言、

「われらも、これまで苦労した甲斐がありました」

とつぶやいただけなのに、信長は激怒した。よほど、虫のいどころが悪かったにちがいない。

「このきんか頭め」

と、怒鳴り散らし、扇子で頭を打擲《ちょうちゃく》され、足蹴《あしげ》にされた。

きんか頭とは、金柑《きんかん》のようにつるりと禿《は》げた頭のことだ。

五十もなかばになり、光秀の頭は、たしかに毛髪が薄くなっている。

鏡を覗けば、月代《さかやき》は剃《そ》らずとも熟れた金柑のごとく色よく光っている。まわりの髪も白髪が多いうえに乏しく、髷《まげ》を結うのも心もとない。しかし、子どもの喧嘩《けんか》ではあるまいに、人の禿頭《とくとう》を詰《なじ》るとはいかにも大人げない。

信長はもともと癇《かん》の強い質《たち》だが、このところ、以前になく気性が荒く、激しくなった。

些細《ささい》なことでも、気に入らぬとすぐに激昂《げっこう》し、人を打擲する。小姓にかぎらず、宿老といえど例外ではない。

二年前、佐久間信盛《さくまのぶもり》が追放された。

信長の父信秀の代からの家臣であったが、石山本願寺攻めの総司令官であったにもかかわらず、なんの功もなかったと責めたてられたのである。

信長は、怠慢の咎《とが》を十九条にもわたって細かにならべたて、せがれの信栄《のぶひで》ともども、信盛を高野山《こうのさん》に追放してしまった。

佐久間親子は、一人の供も許されず、そこからさらに熊野の山奥に追い立てられた。父信盛は、去年、病に斃《たお》れたと伝えられている。せがれの信栄は、今年の一月、帰参をゆるされたが、陣借《じんが》りほどの扱いしか受けていない。まことに無惨というしかない。

信長は、そもそも、家臣を人とは思っていまい。役に立つ道具としてしか考えていないにちがいない。

——他人《ひと》ごとではない。

光秀は、昨日もまた、強い叱責《しっせき》を受け、足蹴にされた。

信長はこれから大坂に城を築こうとしている。大坂に巨大な城を築き、都の機能をそちらに移そうとしている。

小さな内裏《だいり》さえ大坂の城内に築き、そこに帝《みかど》を移徙《わたまし》させる――というのが、信長の遠大なる計画である。

その準備について、昨日、光秀は天主の御座所に呼ばれて下命を受けた。

「石山の台地は広い。石材にしても木材にしても、とてつもない量が入り用となる。この安土山の比ではない」

「御意」

石山の地に建ち並んでいた本願寺の大堂伽藍《がらん》は、一山の僧俗が退去した直後に、ことごとく焼け落ちてしまった。古材があれば建て替えは容易だったのに、それができない。

「用材の確保がなにより肝心。そのほう、どこから調達できるか、内々に算段しておけ」

実質的に、大坂築城の奉行を命じられたと考えるべきだろう。

しかし、信長は気まぐれで、おのが言辞を平気でくつがえす。一刻《いっとき》あとに、なにを命じられるか分からない。

「かしこまりました」

光秀は平伏した。すっと横に伸びた信長の口髭《くちひげ》に、言いようのない威圧を感じた。

「西国から運ぶのがよい。瀬戸内《せとうち》の船をつかえ」

「かしこまりました」

光秀は、ふたたび平伏した。

信長はまさに四国の長宗我部元親を攻めようとしている。

羽柴秀吉は、かねてより二万の大軍を率いて備中《びっちゅう》を攻めている。

瀬戸内の島々を根城《ねじろ》にしている水軍を雇い入れ、資材を搬送させることは、制海権を得るうえで大いに意味がある。

いつもながらの信長の周到さに、光秀は舌を巻いた。

ただ、どうしても気がかりなことがあった。

「しかし……」

つい、そうつぶやいていた。

信長が光秀を睨みつけた。

無言のまま、じっと見すえられて、光秀は息苦しくなった。ことばを続けねばならない。

「大坂築城のこと、仰せのとおり、伝奏《てんそう》の勧修寺らには伝えておきましたが……」

信長はうなずきもしない。

信長は、かねて大坂に城を築くと公言している。

そして、そこに内裏の建物をつくるとも口にしている。正式に朝廷に伝えたわけではないが、公家《くげ》たちを招いた宴席で、あえてそう語っている。朝廷の出方をさぐっているのだ。大坂城に内裏をつくり、まずは帝に行幸《みゆき》させる。そうなれば、帝と朝廷は、信長の掌《てのひら》の上で舞うしかなくなる。

そこから遷都にもちこむには、一通の勅《みことのり》さえあればよい。

「大坂への行幸の儀、もしも、帝が拒んだら、いかがなさいますか……」

恐る恐る、たずねた。

「ふん。京の内裏を焼けば、住まいがなくなろう。造作もないわ」

信長が、口髭を指の先で撫《な》でた。

「……それでは、あまりにご無体な」

つぶやいた刹那《せつな》、信長が立ち上がり、いきなり光秀を足蹴にしたのであった。

二

夜明けまで、光秀は褥《しとね》に横になっていた。

まだ、頭の芯が痛む。

外が白んできたので、縁の障子を開けた。

安土山の山頂に、天主が聳《そび》えている。

朱塗りの柱と軒瓦の金に朝の光が燦《きら》めいて、とてつもなく豪奢《ごうしゃ》に見える。

——あれが信長そのものだ。

信長という男は、天に向かっておのれの意志を屹立《きつりつ》させ、どこまでも高みに昇りつめようとしている。

抱いた思いを実現できるだけの軍事力、財力、知力、指導力を、信長は備えている。

いささか傲慢になるくらいは、いたしかたないかもしれない。

しかし――、と、やはり思わずにはいられなかった。

あの男が、このまま、おのが思いを実現させるために突き進んだら、日《ひ》の本《もと》はいったいどんな国になるのか。

考えて、気持ちが重くなった。

いま、この国の未来を考えている大名は、ただ一人、信長をおいてほかにない。

上杉も、北条も、毛利も、長宗我部も、この日の本の国をどのようにすればよいのか、考えてはいない。

彼らは、ただただ、おのが領国を守ることだけに汲々《きゅうきゅう》としている。

一人信長だけが、この国のこれからあるべきすがたを、はっきりと見ている。

良《よ》し悪《あ》しは別として、その点で、信長は凡百の武将とまるで異なっている。国のあるべきすがたについて考えるのが天下人《てんかびと》に求められる資質ならば、いまこの国に、天下人となれるのは信長しかいない。

信長は、曇りのない目で、日本国と世界を観ている。

ちかごろは、しきりと琉球《りゆうきゆう》や明国《みんこく》、南蛮の貿易船がやってくる。海外からの船は珍しい産物をもたらす。財力のある堺や博多《はかた》商人のあいだではなはだ高値を呼び、各地の商いに活気をもたらしている。

それにともなって、国内でも物資の流通が盛んになってきた。各地の産物が海運によって、津々浦々に運ばれるようになった。陸路をたどり、山里まで浸透するようになった。

信長は、そんな世の動きの先をさらに切り拓《ひら》くために、商いを促進する政策を取っている。

信長の大軍団が、各方面に進撃するために軍用道路が普請《ふしん》される。その道は、そのまま街道となり、人と荷物がたくさん行き交っている。

これまで荷駄から銭を取っていた関所を、信長は撤廃させ、商人《あきうど》たちから税を取らぬ楽市楽座《らくいちらくざ》をひらいた。

税を取られぬので、日々、安土城下におびただしい物資が集まってくる。

信長の手の者が集まった物資を買い取り、拡大していく領国に流通させて売りさばく。

いままで誰も考えなかった日の本のすがたである。

民が田を耕し、租税として米を集めるばかりが国ではない。その地独自の産品を作らせ、他国に運んで売りさばく。それによって多くの民が潤い、豊かになり、国が活気に満ちる――。

これまで、そんな政《まつりごと》を考えた大名はいない。内裏にしても、追放された足利将軍にしても、この国を潤す手だてなどなにひとつ持っていなかった。

国を富ませる発想を有しているのは、ただ信長だけである。

その才覚に、光秀は素直に驚嘆する。たしかに信長の思いつきをそのまま推し進めれば、日の本は新しい豊かな国として生まれ変わるだろう。

しかし、あの男は――。

光秀は、冷静にべつの角度から信長を眺める目をもっていた。
豊葦原《とよあしはら》の瑞穂《みずほ》の国を、まるで姿のちがう銭の国に変えようとしているのである。
天下に武を布《し》くことで銭の国をつくり、その長者になろうとしている。
けっして、帝や内裏のために国事をなそうとしているのではない——。
信長が一代の英傑であることにまちがいはない。
しかし、あの男は、内裏をないがしろにして、その上に立とうとしている。
いや、こころのなかでは、とっくにおのれが神となって、この国に君臨しているつもりであろう。

それを思えば、光秀は身震いせずにいられない。

なんと傲慢なことか。なんたる増上慢《ぞうじょうまん》か。

——わが主君なれど、許しがたい。

という思いが強い。

しかし、それとはまったく正反対の思いもある。

——天下人としてならびない器量人である。

そうも考える。

信長は、はっきり、この日の本の国を変えようとしている。いままでとは、まるでちがったすがたにしようとしている。

それは、民に、これまでにない豊かさをもたらすであろう。

――そのほうが、国のためになる。

そうも思える。

信長という男は、どうにも一筋縄では理解しきれない。

あの男について考えていると、さらに頭痛がはげしくなった。

「おはようございまする。耳盥《みみだらい》をお持ちしました」

小姓の声がした。洗面用具を運んできたのだ。

「よい。水を浴びる」

光秀は、井戸端に出て下帯一本になると、桶《おけ》の水を何杯もかぶった。

新しい下帯を結び、薄くとも髷を結い直させ、糊《のり》のきいた小袖《こそで》を着ると、大いに爽快《そうかい》になった。

屋敷のなかの射場で、弓を引いた。

何十本かの矢を放つと、汗がながれ、気持ちが高揚してきた。
藁《わら》を束ねた的に、ふいと信長の顔が浮かんだ。足蹴にされたときの忿怒を思い出した。
——増上慢め。
身の程を知れ、と念じて弦を引き絞り、信長の眉間《みけん》を狙って矢を放った。
みごと命中した。
気持ちがすっきり晴れて、頭の痛みが消え去った。

三

朝餉《あさげ》を食べてから、座敷に地図をひろげた。

畳一枚ほどもある大きな日の本の地図である。弓なりに延びた大和六十六州の国々が目の前によこたわっている。

——これが猪や魚なら……。

話は簡単だ。

頭と胴を切り離し、いくつかの切り身にして、みなで分かつ。煮るなり、焼くなり、好きに料理して、骨までしゃぶればいい。

しかし、国である。生身の人間が住んでいる。そうはいかない。

本州、四国、九州……。五畿七道それぞれの地方にたくさんの国があり、大名がいる。この数十年、一族で骨肉の争いをくり広げ、ようやく一国を統《す》べたところが多い。

そのうえで、互いに隙あらば……、と、隣国を狙っている。

いま、織田家の軍団は、各方面に展開している。

北陸に柴田勝家。

関東に滝川一益。

東海に徳川家康。

山陽に羽柴秀吉。

そして、まだ内々だが、神戸信孝がまさに四国に攻め入ろうとしている。

信長の勢力圏は、着実に拡大している。

光秀は、そのなかにあって、丹波、丹後、大和、それに近江の西南部の志賀《しが》郡、山城の一部を管掌している。

近江坂本と丹波亀山に城を持ち、丹後に細川藤孝、大和に筒井順慶を与力《よりき》として置いている。周辺に展開する諸将に対して、光秀は列島の中央部を任されている。それは、とりも直さず信長に信頼されているということだ。

「参上いたしました」

呼んでおいた娘婿の左馬助秀満《さまのすけひでみつ》と斎藤利三、溝尾庄兵衛《みぞおしょうべえ》らの宿老がやってきて、地図を囲んですわった。

しばらくのあいだ、光秀は黙って地図を見つめていた。

「西国のことである」

光秀は、しずかに口を開いた。

「上様からのご下命がありましたか」

左馬助秀満がたずねた。

「いまは、築城の用材の目論見《もくろみ》を立てておけとだけ言われた。しかし、いずれ具体的なご下命があるはず」

それがどんな命令なのか、光秀には、見当もつかない。

「やはり、大坂から西でしょうな」

斎藤利三がたずねた。

「そうなるだろう。そのはずだ」

光秀は、うなずいた。信長なら、それさえあっさりくつがえしかねない。

「四国の与力を命じられることがありましょうか」

さらに斎藤がたずねた。

「そのこと、わしもつらつら考えておった。そうなったらまことに難儀だな」

斎藤利三は、四国の長宗我部と姻戚《いんせき》関係にある。さほど濃密なものではないが、合戦となれば、やはり、とまどいが芽ばえよう。四国では戦いたくない。いや、できれば、長宗我部とは、和議を結んでほしい。

「伯耆、出雲を攻めさせてもらえれば、なによりですが……」

左馬助秀満がつぶやいた。偉丈夫で声が太いが心根のやさしい男だ。娘の婿としてまことに頼りになる。

光秀は、このまま丹波から山陰を攻めたいと考えている。織田家の各方面軍は、そのままさらにその先の地へと展開するのが慣例である。

西の毛利に向かって、羽柴秀吉が山陽路を攻め、光秀が山陰路を攻める。二手から突けば、毛利は慌てふためこう。

「そのこと、まだ上様からのご下命はなかった」

出雲には鉄がたくさん産するし、石見まで攻め込めば銀山が手に入る。織田家にとっては、またとない財源となる。

「東ということはありますまい」

秀満が首をかしげた。

信長はなにを言い出すか分からない。突然の配置替えで、北陸に展開する柴田勝家や、上野《こうずけ》に展開する滝川一益の与力を命じられる可能性もある。徳川家康とともに、小田原《おだわら》の北条を討てと命じられるかもしれない。

光秀は、首を横にふった。

「それはないと思いたい。上様のお顔は、西を向いておいでだ」

信長が胸中を語ることはほとんどない。家臣としては、信長の心中を察する以外にない。先を読んでそのとおりに行動していれば機嫌がよいが、読みまちがえれば譴責《けんせき》を受ける。

光秀が察するに、信長は、大坂に城を築いたのち、すみやかに毛利と長宗我部を平定して瀬戸内の制海権を確保、博多を掌中に収めようとしている。

それが、なによりの優先課題のはずだ。

博多から船を出し、明国と貿易するためである。

「いずれ、海を渡って、大明国に攻め入るつもり」

何年か前、信長は、耶蘇会の宣教師にそう語ったことがあった。

平和裏《り》の交易になるか、合戦となるかは、向こうの出方しだいだ。

明人が諾々と服従すれば、武を用いずに交易する。

従わねば、大明国に武を布くこともありえる――。

いずれにせよ、信長は、西国から遠く海をわたって大陸への海路を睨んでいる。

「五年……、であろうな」

まもなく大坂築城を本格的に命じ、仮御殿ができしだい、信長は本拠地を安土から移すであろう。岐阜から安土への移転がそうであったように、信長は茶道具だけ持って身軽に移るはずだ。

そこから、秀吉が手こずれば、山陽へ。

長宗我部討伐が手こずれば、四国へ。

自ら出陣して、陣頭指揮を執るつもりだと、光秀は推察している。

「五年でできまするか」

左馬助が首をかしげた。

「それだけあれば、博多まで制圧できよう」

夢物語ではない。現実的な戦略だ。

信長の力は、そこまで成長している。

博多の湊《みなと》と商人が傘下に入れば、織田軍はさらに財政的な基盤が固まる。

東国のことは、それからでも遅くない。

光秀の戦略眼からしても、そう思う。

合戦には、将兵の力ばかりでなく、財力が大切だ。銭の力で鉄炮《てっぽう》を数千挺《ちょう》の単位でそろえれば、東国制圧は造作ない。東国にはまだ鉄炮がすくない。

「五年のうちには、大坂の城も、立派に築けましょうな」

腕を組んだ左馬助が、中空をにらんだ。

「さよう……」

信長が大坂につくる城を思って、光秀の肌が粟立《あわだ》った。

また頭の芯がずきずき痛みはじめた。

摂津石山に長く広がる台地は、まことに築城にうってつけの地である。

北は大和川《やまとがわ》、東は猫間川《ねこまがわ》が、天然の堀となってくれる。

西は湿地がひろがっているが、埋め立てれば町家がつくれる。

かつて、毛利水軍との船戦《ふないくさ》で手を焼いた木津川の河口は、整備すればよい湊になるだろう。

なにしろ地の利がよい。

古代にも難波の津と宮があったという。難波は物資の集散地として、まさにうってつけなのだ。

西国から瀬戸内を通ってきた物産を難波で陸揚げすれば、東国に運びやすい。

その逆もまことにたやすい。

――慧眼《けいがん》だな。

光秀は感服しないわけにいかない。そういう目のつけどころは、まさに信長ならではである。

その地に、信長は、安土の天主よりさらに巨大で壮麗な天主を建てるつもりだ。ふんだんに金をつかい、朱の柱をならべるだろう。こんどは、七重か、九重か、いったい何重の天主になることか。五年後には、その城もおよそでき上がっているはずだ。天下人信長の治世は、盤石《ばんじゃく》のものとなっているだろう。

そのときの信長の傲岸さは、いかばかりか。まさに、おのれが神だと確信しているのではなかろうか――。

思いをめぐらせて、光秀は奥歯を強く嚙《か》みしめた。

それから、小さく首をふった。

――いたしかたあるまい。

天下人は信長である。誰も考えていないこの国のあるべき姿を考えている男だ。その男の思い描いたとおりに国ができる。

誰もそれを止めることはできない。

たとえ、帝といえども、信長には屈服せざるをえない。

「しかし……」

背筋を伸ばした斎藤利三が、淡く笑ってつぶやいた。

「こうして地図を見ますと、殿こそが畿内を牛耳っておいで。天下に号令してもおかしくはありませんな」

「まこと、内裏との折衝をはじめ、政の多くも、殿がなさっておいでtogether
でござるしな」

左馬助が相づちを打った。

言われて、はたと気づいた。

たしかに、そのとおりだ。

――この日の本の真ん中を領しているのは、ほかの誰でもない。我が身である。

そのことが、はなはだ奇妙に思えた。

光秀がうごかせる手勢は一万三千あまり。それだけの軍勢を畿内で自在にうごかせる者は、現時点でほかにいない。

信長には、むろん連枝衆《れんししゅう》や麾下《きか》の将が多いが、いずれも各方面に遠征していて、直属の旗本となれば、せいぜい三千くらいか。

――もしも……。

考えて、光秀は首をふった。

――たわけたこと。

じぶんの考えていることが、とてつもなく馬鹿げた愚かなことに思えた。そんな想念は、すっぱり、切り捨てた。

「いずれ、西国に出撃の命が下ろう。半月、ゆっくり骨休めしたのち、準備を整えよと、坂本と亀山の城に知らせておくがよい」

まもなく、安土に徳川家康と穴山梅雪がやってくる。しばらくは、城内で能や幸若舞《こうわかまい》を興行させ、戦勝祝賀の宴となるはずだ。

それが終わって、五月の中旬から下旬にかけて出撃命令が下るだろう。

その段取りを整えておかなければならない。

「かしこまりました」

宿老たちが下がると、小姓が連歌師の里村紹巴が来ていると告げた。

「ああ、通すがよい」

手元に置いてくり返し読んでいた『水無瀬三吟《みなせさんぎん》』がずいぶん破れてしまったので、紹巴に新しい写本を頼んでおいた。右筆《ゆうひつ》に筆写させてもよいのだが、やはり、紙の選び方や、文字のやわらかさなどは、連歌師に任せたほうがよい。

座敷に入ってきた紹巴は、はなはだ顔色が悪かった。青ざめて脂汗さえ浮かべている。

「どうした。具合でも悪いのか」

「はい……、いえ……」

いつもは快活な男なのに、今日はなにかおかしい。

「写本を持ってきてくれたのであろう」

「あっ、いえ……。まだ用意ができておりませず、失礼いたしました」

恐縮して、身を縮めている。

「ならば……」

なにか、用でもあるのだろうか。機嫌を伺いに来たというようすでもない。

「は、はい。じつは勅使でございます」

ゆうべ、京から、帝の上臈《じょうろう》や勧修寺晴豊らの勅使の一行が安土に着いた。そのことは聞いている。

「勅使といっしょに来たのか」

「は、はい……。さようでございます」

紹巴は顔が青ざめ、いまにもひきつけを起こしそうなほど、体をこわばらせている。どこか具合が悪いにちがいない。

「すこし休んでゆるりとするがよい。話はそれからだ」

光秀が小姓を呼んで、休息の間のしたくをさせようとすると、あわてて紹巴が制した。

「お待ちくださいませ。お話しせねばならぬ儀がございます」

膝《ひざ》でにじり寄って、じっと目を見すえてくる。

目つきがいやに真剣で、切羽詰まっている。

「なにごとだ……」

「帝からのお言葉がございます」

「ふむ……」

光秀は首をひねった。

「わしに……、か」

「はい。さようでございます」

帝からお言葉とは、ただごとではない。

「女房奉書《にょうぼうほうしょ》でもあるのか」

帝が直々に筆を執ることはめったにない。たいていの手紙は、おそばに仕える女房が代筆する。

「い、いいえ。書状はございません」

「ならば、申すがいい」

「は、はい。……しかし、……ここでは、とても……」

あたりを見まわした紹巴の顔色がさらに青ざめた。怯《おび》えているらしい。

「…………」

光秀が見すえると、紹巴が目を伏せた。

「殿様は、坂本の城にお戻りになりましょうか」

伏し目がちに、すがるような目を向けてきた。

「むろん、いずれ戻る。しかし、いつになるか分からんぞ」

「け、けっこうでございます。そこでお伝え申し上げます。しかと、しかと……。すべて、ご内密に……」

紹巴が身を縮めて平伏している。そのまま貝のように口を閉ざして、なにも語らなくなってしまった。

天正十年五月十五日
近江　安土城

祝賀の宴《えん》

徳川家康

一

淡く霞《かす》む平野のむこうに観音寺《かんのんじ》の山が見えると、徳川家康は馬を停めた。

中山道《なかせんどう》わきにあった立派な黒松のかげに床几《しょうぎ》を置かせて腰をおろし、同行の穴山梅雪《あなやまばいせつ》が来るのを待った。

それぞれに家臣を三百人ばかり引き連れている。徒士《かち》が多く、贈答の荷もあるので、隊列はどうしても遅れがちだ。

五月になってから、浜松《はままつ》では気持ちのよい晴天の日が続いていたが、今日の近江の空は、厚い雲におおわれてどんよりしている。

待つほどに、梅雪がやってきた。

髪を剃《そ》り、僧衣を着た梅雪が馬を下りて、家康のとなりにすわった。

顔が渋く、口元をゆがめている。まだ思い悩んでいるにちがいない。

「お心が晴れませぬかな」

家康は、小姓が汲《く》んできた清水の手桶《ておけ》をさしだしながら、たずねた。

堅太りの梅雪が、柄杓《ひしゃく》で二杯、たて続けに清水を飲み干し、太い首でうなずいた。

梅雪は、家康よりひとつ年上の四十二歳で、武田信玄《たけだしんげん》の甥《おい》にあたる。

信玄の娘を娶《めと》り、武田の二十四将にも数えられていた。

風貌《ふうぼう》は信玄にも似ていかついが、心根はずいぶん違っている。将としての器はいささか小さいと言わねばなるまい。

「……織田殿の招き、まこと、安んじて受けてよいものか」

梅雪は、浜松の城にやってきたときから、しきりとそのことを気にかけている。

ひょっとすると、招いておいて、殺されるのではないかと案じているのである。

祝賀の席に、毒味役をはべらせるわけにはいかない。料理に毒でも盛られていたら、命はないものと覚悟せねばならない。

家康は首をふった。

「ご案じ召されることは、なにもござらぬ。このたびは戦勝祝賀の宴。穴山殿の功があればこそ、武田討伐がすんなり運んだ。織田殿はたいそうご満悦だと、安土から知らせてきておる」

家康は嚙《か》んでふくめるように答えた。

気をつかって〝功〟といったが、ありようは、寝返り、裏切り、である。

この春の織田軍甲斐遠征のとき、梅雪は、いち早く武田一族を裏切り、織田方に寝返った。

かねてから武田勝頼と反《そ》りが合わなかったことにくわえて、家康がしきりと調略をくり返したからこその寝返りだった。

武田を裏切っていなければ、いまごろ、梅雪の首は、勝頼の首ともども、京に送られて、三条大橋のたもとに晒《さら》されている。

すでに武田が滅んでしまったいま、裏切りのことをいくら悔いても仕方があるまい。

しかし、裏切った本人の心中は複雑らしい。

裏切ったことへの悔恨と、新しい主《あるじ》への不信の念が、千々《ちぢ》に乱れておのれへの呪詛《じゅそ》となり、こころを締めつけているようだ。

「遠征の途次から、織田殿はずいぶん癇性《かんしょう》が強くなられたな」

たしかに梅雪のいうとおりだった。信長は若いころから癇の強い男だが、版図《はんと》が広がり、覇権がゆるぎなくなるにつれて、こころが張りつめ、昂揚しているらしい。

それを察知していた家康は、東国に来た信長を精一杯歓待した。

各地に宿泊のための陣屋を新造し、休憩用に茶屋を建てた。むろん、信長が通過する沿道には、将兵をすきまなく配置し、武田の残党を厳重に警戒させた。

遠征の途次、信長は、ことあるごとに家臣を怒鳴りつけ、ときには手を上げ、足蹴《あしげ》にしたらしい。

家康はその場にいたわけではないが、近衛前久《このえさきひさ》や明智光秀までが罵《ののし》られたと聞けば、敵方だった梅雪が気にかけるのも当然である。

「織田殿は、まもなく、天下人《てんかびと》になられよう。されば、いささか気持ちが張りつめなさるのは、いたしかたない」

梅雪が、うなずいた。

「さようだな。そのとおりかもしれん。しかし、わしはどうにも織田殿が苦手でな」

「ご勘気をこうむったのは、いずれも長いあいだ織田殿に仕えておりながら、さしたる功のなかった者。新しく麾下《きか》に参じた者を、いきなり詰《なじ》られることはござらんよ」

「ならばよいがな」

梅雪が、つぶやいて立ち上がった。

「そう願おう。御免」

梅雪が、桶に両手を突っ込んで、ざぶざぶと顔を洗った。剃り上げた頭まで水をかけて清めている。

手拭《てぬぐ》いで顔と頭をぬぐい、すこしは晴れ晴れとした顔を見せた。

「甲斐で死んだ者のことを思うと、つい、あれこれと気に病んでしまうが、いまさら悔いても始まらぬ。これからは織田の世の中。気持ちを切り替えねばならんわい」

梅雪のことばに、家康はうなずいた。

「まこと、そのとおり。これからは、織田の世でござるよ」

良くも悪しくも、そうなってしまった。そのことを、はっきりと認めなければなるまい。

家康が、初めて信長と会ったのは、もう三十年以上もむかしのことだ。

幼かった家康が、尾張の万松寺《ばんしょうじ》に、三年も捕らわれていたときのことである。

那古屋《なごや》の城（現在の名古屋城二の丸）に連れて行かれ、信長を見かけたことがあったが、そのころの信長は、まだ、放埒《ほうらつ》な若者に過ぎなかった。とても、一国の主になれる人物だとは、子どもも心にも思わなかった。

大人になってからきちんと対面したのは、信長が桶狭間《おけはざま》で今川義元《いまがわよしもと》を討ち果たしたあとだった。

松平家の所領だった三河は、今川衆に支配されていたが、義元の敗死によって状況が一変した。今川家に隷属して尾張を攻めていた家康は三河の岡崎城にもどり、旧領を回復することができたのである。

まだ二十一歳だった家康は、信長との同盟をもとめて、清洲城《きよすじょう》をたずねた。

義元亡きあとの今川家と、信長をいただく織田家を天秤《てんびん》にかけて、織田家を頼ろうと決めたのだった。

そのときの信長の印象は鮮烈だった。

若者のころの信長とは、すでに、まるで違っていた。

清洲城内の板敷きの座敷で対面した信長は、口数が少なく、いかにも思慮深げに見えた。信長は、家康の八歳年上で、まだ三十になっていなかったはずだが、すでに、武門の棟梁《とうりょう》としての風格があった。

水面《みなも》は静かだが、庭に龍でも潜んでいる沼のような目をしていた。

同盟のことを切り出すと、挑むように、じっと家康の目を見すえてきた。

「近う寄るがよい」

言われるままにそばに寄ると、さらに痛いほど強い視線で見つめられた。人間の強さは、目の光にあらわれるのだと、そのとき初めて知った。

「人と人の結びつきに大切なものはなにか」

いきなりたずねられたが、家康はすぐに答えた。

「信義でございましょう」

その答えに、信長が無言で首を振った。

違うといいたいらしい。

家康は、考えた。

「はて……」

礼や智でもなさそうだ。

「信ずべき相手は用い、疑うべき相手は滅すること。それこそが肝心よ。いまのおまえは、信ずべき男に見える」

「ありがたし」

家康は、思わず手をついて平伏していた。そんなふうに語る信長こそ、信じるに値する男だと畏怖《いふ》した。

あれから二十年。信長は、信じるに値する男だったか――。

あらためて考えてみると、家康のこころも千々に乱れそうだ。

信長は、人のこころを大いに惑乱させる男である。あの男がいれば、つねに風雲が起こる。風が吹き、嵐が吹き荒れ、海が荒れ、怒濤《どとう》が襲ってくる。

静かな信長など、まるで考えられない。信長一人がいなければ、この日《ひ》の本《もと》は、もっと平穏であっただろう。それとも麻のごとく乱れて、収拾がつかなくなっていたか。

信長は、敵にも味方にも、つねにやっかいごとを押しつける。

家康にとって、もっとも大きな信長との痼《しこ》りは、やはり、せがれの信康《のぶやす》を死に追いやられたことだ。

そのことは、なるべく思い出すまいとしている。

三年前、信長は、家康の嫡男信康が、武田に内通しているとの疑いをかけた。

腹を切らせるように命じた。

家康は、炎熱地獄に焼かれるほどの苦しみを味わった。信長を強く憎んだ。

――信長死すべし。

強くそう念じた。

隙あらば、叛旗《はんき》をひるがえして——と、あらゆる可能性を模索して、打倒信長の策を練りさえした。

しかし、どうにも勝算が立たなかった。信長を討ち倒す手だてが見えてこない。

たとえ徳川の家を犠牲にしても、とさえ思い詰めたが、信長を亡き者にすることの難しさを痛感しないわけにいかなかった。

信長には、大胆さと緻密《ちみつ》さの双方がそなわっている。剛と柔をかねそなえた強《したた》かさがある。

あの男ほど周到に策を立てる将を、家康は知らない。

長年の戦いぶりをふり返れば、敵を切り崩すときの執拗《しつよう》さは、戦慄《せんりつ》をおぼえるほどだ。攻めるときは、おのが命をかえりみず羅刹《らせつ》のごとく攻め立てる。
それでいて、逃げるときには、童《わらし》のように怯《おび》えきって逃げる。
そんな男を敵にまわして、勝つ算段をつけるには、よほどの知略と無謀さが必要だ。
――わしには、無理か。
との思いと、
――いつか隙あらば。
との思いが、いまも、家康の胸中に去来している。
「安土の城は、まだ遠うござるか」
穴山梅雪にたずねられ、家康は、われに返った。

「あそこに見えている大きな山が、観音寺山。安土の城は、ちょうどあの山陰にある」

一行に出発を命じて、家康は馬にまたがった。

二

安土城の大手門は、頑丈な石積みで出来ている。幅が一町（一〇九メートル）ほどもある壮大なもので、大きな門扉が三か所にある。門から山頂に向かって、広い大手道の石段がまっすぐ延びている。山はすべて石垣でおおわれ、重鎮たちの屋敷が建ち並んでいる。その中央の山頂に五層の天主がある。

威容をほこる安土城を門前から見上げ、家康は奥歯を強く噛みしめた。

――この城は……。

あの男そのものだ。

これ見よがしで、威圧的で、横柄で、まるで謙虚さがない。

それでいて、周到で緻密で、すべてが計算ずくである。攻めるにしても、守るにしても、逃げるにしても、ここに居さえすれば、それだけで利があるように造られている。

――かなわない。

信長という男がいるかぎり、たとえ、どんなに横暴であっても、天下は、彼の意に従わざるを得まい。とてものこと、誰かに御《ぎょ》される男ではない――。諦《あきら》めにも似た気持ちで、家康はそう思った。

大手門から、何人かの武者があらわれた。烏帽子《えぼし》を被《かぶ》り、胸や袖《そで》、背中などに、紋を大きく染め抜いた大紋を着ているところを見れば、迎えの者であろう。

家康は、広い堀の前で馬を下りた。

礼装の大紋を着た一団が、門前の堀をまっすぐに渡る土橋を、小走りに駆けてきた。

家康の前で立ち止まり、深々と頭を下げた。

「はるばるのご来臨、まことに祝着至極《しゅうちゃくしごく》に存じまする」

桔梗《ききょう》の大紋を着た男が、顔を上げた。明智光秀だった。

光秀とは、あちこちの合戦で、なんども顔を合わせている。せんだっての甲斐でも、あれこれと気をつかってくれた。帷幕《いばく》内での信長のようすを、それとなく教えてくれるのが、ありがたかった。

これまでの付き合いで家康が見たところ、光秀は律儀な男だ。有職《ゆうそく》故実《こじつ》にくわしく、茶の湯や連歌にも精通している。

ただ、いかんせん律儀過ぎて、頭が固いところが気にかかっていた。思い込みの激しい男なのだ。

おのが思考で、こうなる、と決めてしまうと、そうならなかったときに、なぜだ、と考えこんでしまう男だ。

戦略や戦術を立てるときには、そういう質《たち》が致命傷となることがある。

信長なら、予想外の事態になってしまったとき、なぜか、などとは決して考えない。あの男ならば、まずは、一目散にそこから離脱し、回復する方法を考える。

家康も、そういう点では信長を見習っている。

緊急な事態に直面したとき、なぜか、などと考えても仕方がない。

——では、どうするか。

をこそ考えるべきなのだ。

それは、家康が半生のうちに、あまたの将たちの生き方、死に方を目のあたりに観察して身につけた貴重な処世訓である。

「甲斐では、なにくれとなくお世話になり申した」

家康が頭を下げると、扇子を手にした光秀がたいそう恐縮した。

「こちらこそ、ご交誼《こうぎ》をたまわり、ありがたいかぎり。このたびは、徳川殿、穴山殿の饗応《きょうおう》役、粗漏なきようにと、上様より命じられております。祝賀のご逗留《とうりゅう》でござれば、なにとぞ、ゆるりとおくつろぎくださいませ」

ひとしきりの挨拶《あいさつ》がすむと、光秀が宿館に案内してくれた。家康の屋敷も城内にあるが、いささか手狭なので、それよりもはるかに広い館《やかた》を用意してくれていた。

穴山梅雪とともに、旅装を解いて湯浴みをし、大紋に着替えてくつろいでいると、別室に饗宴のしたくが整ったと声がかかった。

出てみると、畳敷きの座敷の上座に、黒塗りに金蒔絵《きんまきえ》をほどこした豪奢《ごうしゃ》な五の膳《ぜん》までの料理が、ととのっていた。

そのわきには、膳の数こそ主人たちよりすくないが、家康と梅雪の家臣たちの膳もととのっている。

そろそろ午《うま》の下刻（午後一時）になろうかという時分で、いささか腹が減ってきている。食事はありがたい。

「まずは、ゆるりと、おくつろぎくださいませ」

そういって、光秀自ら酒の入った提子《ひさげ》をさしだした。

家康は土器《かわらけ》を手に取って、濁り酒を受けた。

「ちょうだいいたす」

口に含むと、たいへんよい酒であった。

「これは馥郁《ふくいく》たる酒かな。三河の田舎では、かように上品《じょうぼん》な酒はございませぬ」

「まこと、まこと。よき酒かな。極上でござるな」

梅雪も、酒を口にして、しきりとうなずいている。

「織田殿が、どれほどわれらを歓待してくださっているか、身に染みまするな」

家康がいうと、梅雪がさらになんどもうなずいた。

「甲斐の本領を安堵《あんど》していただいたうえ、かような歓待まで受けて、ありがたし」

梅雪にしても家康にしても、このたびは、本領を安堵してもらった返礼の拝謁である。どのような接待を受けるか、じつのところ家康も気になっていたが、これならば、まず格別の厚遇である。

「お着きになったばかりゆえ、これはまだおしのぎでござる」

光秀は謙遜《けんそん》したが、そうはとても見えない。この料理だけでも、甲斐、信濃を平定した信長の歓《よろこ》びが見えてくるようだ。

「存分におもてなしするように上様から言われておりますれば、京、堺はいうにおよばず、あちこちに人を走らせて、珍味珍肴《ちんこう》を集めました。いずれ、幸若舞《こうわかまい》や猿楽《さるがく》の興行もございますし、近衛殿や冷泉《れいぜい》殿ともご歓談いただきますように計らっております」

「ありがたし」

家康が酒を舐《な》めると、光秀がすぐに提子をさしだした。

「それで、上様はいかにお過ごしかな」

酒を受けながら、家康は、なによりも気になっていることをたずねた。挨拶がいつになるのかも知りたい。

これからの日の本は、信長の国になる。

あの男の機嫌こそが、この国の未来を左右するといっても過言ではない。すでに、そうなりつつある。

そのなかで、どう振る舞えば一番、利があるかを、家康は、この逗留で見極めるつもりである。

「ご機嫌うるわしゅうござる。むろんのこと、お二方とお目にかかれるのを愉《たの》しみになさっておいでででござる」

「さようか、それはなにより」

家康は、杯を干し、箸《はし》を手にした。

本膳には、たこ、鯛の焼き物、なます、香の物、鳰《にお》の海の名物だという鮒《ふな》のすし、菜の汁と白い飯がのっている。

二の膳も豪華である。

うるか、宇治丸とよぶ鰻《うなぎ》のすし、ほやの冷や汁、干しなまこに飯を詰めて煮た太煮、貝鮑《かいあわび》、はも、鯉の汁。

三の膳には、雉肉《きじにく》の焼きもの、山芋と鶴の汁、渡り蟹《がに》、にしん、すずきの汁。

四の膳、五の膳にも、海、山、川の産地を問わず、ゆたかな食材をつかった料理がならんでいる。

「ところで、安土に勅使が見えたとうかがっておりますが、上様はどのような官職にお就きになられましたか」

勅使の安土来訪は、徳川家の留守居からすぐに浜松に伝えられた。

勅使は、武田討伐を言祝《ことほ》ぎ、なにかの官職に就くように勧めたはずだ。

気がかりなのは、信長がなにに就任するかである。

太政大臣になるつもりか、関白か、はたまた征夷《せいい》大将軍か――。

じつは、家康は、そのどれでもなかろうと予想している。

「そのこと……」

光秀がちいさくうなずいた。

「まだなにもお返事なさってておいでではありません」

「まだ……、でござるか」

家康は、内心、読みが当たったことをよろこんだ。

以前、副将軍を断り、右大臣、右近衛大将《うこんえのだいしょう》の職さえ、みずから放擲《ほうてき》してしまった信長である。内裏《だいり》の官職ごときに尻尾《しっぽ》を振る男ではない。

三

織田信長との対面は、翌日の朝におこなわれた。

明智光秀に先導され、あてがわれた宿館から広い石段を登ると、ひときわ大きな石ばかりを積み上げた石垣と門があった。

そこからが、山頂の主廓《しゅかく》部である天主、本丸、二の丸などの御殿、櫓《やぐら》が建ち並び、威風堂々たる若い侍たちが警固にあたっている。

——これも信長だ。

家康は感心しないわけにいかなかった。

警固の若侍たちが身につけているのは、いずれも美しく洗練された甲冑《かっちゅう》である。どの若侍も見目《みめ》麗しく、寸分の油断もなくあたりを見まわしている。

ぴんと張りつめた空気が、山頂にちかづくほど、厳しくなる。

黒金《くろがね》門をくぐって、高い石垣の下を通ると、檜皮《ひわだ》葺《ぶ》きの御殿があった。

京の内裏にある帝《みかど》の常の御座所清涼殿と同じ間取りだと聞いたことがある。

信長は、ここに正親町帝《おおぎまちのみかど》を行幸《みゆき》させようと企てていた。

いまのところ、まだ行幸はないが、信長はこころのうちでそれを画策し続けているにちがいない。

――さぞや、胃の腑《ふ》が痛んだことであろう。

行幸なされよ、と求められた正親町帝のこころを慮《おもんぱか》って、家康はふっとおかしくなった。

正親町帝の心痛は、梅雪の比ではなかろう。

もしも、口車にのって、ここに行幸などしてしまえば、信長は、まず、京には帰すまい。なんのかんの理由をつけて、一年でも二年でも逗留させるかもしれない。

毒を盛って殺されても、

――病にてお亡くなり候。

と言われてしまえば、誰もどうすることもできない。

本丸清涼殿のうす暗い内部を、外の白州《しらす》から見ているうちに、家康の脳裏に、浮かんで、消えたことばがある。

――信長死すべし。

石山本願寺や毛利、あるいは足利義昭や上杉景勝など、日《ひ》の本《もと》に、信長の死を望んでいる者は多かろうが、いちばん強くそれを念じているのは、正親町帝にちがいない。

——修法《ずほう》でもさせてはおるまいか。

内裏が直接手を下して信長を亡き者にすることは難しかろう。しかし、祈禱《きとう》ならば、得意な者がいくらでもいる。

家康は、話に聞く正親町帝の粘着質の性格を思い出した。

あの帝ならば、ひそかに信長調伏《ちょうぶく》の祈禱くらいさせているのではなかろうかと、思いをめぐらせた。


天主の対面座敷に案内されて待っていると、みごとな雉《きじ》の絵を描いた襖《ふすま》が開いて、信長があらわれた。

「ご機嫌うるわしゅう存じまする」

家康と梅雪が、平伏したまま挨拶した。

「面《おもて》をお上げくださいませ」

わきに控えた明智光秀の声で、顔を上げると、甲斐遠征で日焼けした顔の信長が、一段高い御座にすわっていた。

信長は、いつも、背骨の芯《しん》に竹の篾《ひご》でも通っているように首をまっすぐにして、人や物を見すえる。

いまも、まっすぐ澱《よど》みのない視線で、家康を見つめてくる。二十年前、桶狭間ののちに対面したときと、なにも変わるところがない。

微笑みもせず、目を細くつり上げたまま、視線を家康のとなりの梅雪に移した。

「このたびは、そのほうの格段の働きで、武田討伐のこと、無事に果たし終えた。礼を言うぞ」

梅雪が恐懼《きょうく》して、また平伏した。

「おそれ多いおことば。ありがとうございます。そのうえ、甲斐の本領を安堵していただきまして、欣喜雀躍《きんきじゃくやく》いたしております る」

信長は、うなずきもせずに、黙って梅雪の口上を聞いていた。

梅雪がひとしきり礼を述べると、信長が真顔でたずねた。

「して、一族を裏切ったここちはどうじゃ。寝覚めは、悪うないか」

「……………」

梅雪の喉《のど》が、ぐっと鳴るのが聞こえた。

「一族を裏切らねば、おまえは、もうこの世におらなんだ。裏切りこそ、命の冥加《みょうが》であったな」

「……………」

梅雪は、なにも答えられぬまま、息が荒くなった。

「詰《なじ》っておるのではない。寝返りこそ、命の冥加というたであろう。よくぞ寝返ったと褒めておる。人間、生きながらえるには、寝返りが必要なときもあるわ」

握りしめた梅雪の拳《こぶし》が、畳の上で震えている。そのままなにも言わず、梅雪は沈黙した。

「徳川殿には、たいそうやっかいをかけたもの」

信長の目が、家康を見すえている。いつ見られても、背筋のこわばる光がある。

「いえ、それがしも、駿河《するが》と遠江《とおとうみ》を頂戴《ちょうだい》いたしましてありがたいかぎり。お礼申し上げまする。穴山殿ともども、お礼の品々を持参いたしましたので、あとでもご覧くださいませ」

家康が進物の目録をさしだすと、光秀が受け取った。梅雪がじっと動かないので、彼の目録も光秀にわたしてやった。

光秀が、信長の気配をうかがった。目録を見たそうな気配がなかったので、光秀は目録を上段の間の端に置いて控えた。

「甲斐、信濃のことが落ち着きましたゆえ、つぎは西国でございましょうな」

四方山話《よもやまばなし》めかして、家康が切り出すと、信長がちいさく首をふった。

「西国のことは、いずれ、なんとでも落ち着くであろう」

「さようでございますな」

中国の毛利、四国の長宗我部を平定するには、ずいぶん時間がかかりそうだ。しかも、九州はまったくの手つかずである。詳しくたずねたいが、曖昧《あいまい》ににごした。

「その前にせねばならぬことがある」

「関東でございますか」

小田原の北条を攻めるとなれば、まずは家康と梅雪が先鋒《せんぽう》をまかされることになるだろう。

そんなことになったら、ずいぶん物入りで、やっかいなことになる。

信長が、三河、遠江、駿河以外の国を家康にくれるとは思えない。

家康のような同盟相手が、不必要に肥大化することなど、信長が許すはずはない。

となれば、関東は、上野にいる滝川一益あたりの領国とするだろう。

家康は、褒美に茶入《ちゃいれ》でも与えられるのが関の山だ。つまりは働き損である。

「関東も大切だ。そのほう、北条を落とせるか」

「…………」

家康は沈黙した。

信長が目で返答をうながした。

「いずれは攻め落としもいたしますが、いましばらく兵を養わねば、小田原は落とせますまい」

「さもあろう」

信長がうなずいて、口の下の髭《ひげ》を指の先で撫《な》でつけた。

「その前に為《な》さねばならぬこととは……、なにを為されまするか」

無言のまま信長がゆっくりとうなずいた。

家康は、信長のことばを待った。

「わしは、この国をつくりかえたいと思うておる」

信長がしずかにつぶやいた。

「国をつくりかえられますか。太政大臣となれば、新しい政《まつりごと》をはじめることができましょう」

まさかそんなつもりはあるまいと思いつつ、家康はことばにしていた。

――たわけたことを。

無言の信長の目がそう語っている。

「征夷大将軍になられまして、幕府をお開きになられますか」

「さようなもの、必要はなかろう」

「まことに。いや、まことに……」

家康はうなずいた。また信長のことばを待った。

信長が、しばらく髭を撫でてから、口を開いた。

「わしはな、帝を改心させようと思うておる」

意表を突かれて、家康はまじまじと信長を見すえた。まったくもって、この男は何を言い出すか分からない。

「正親町帝を改心させる……、のでございますか」

「そうだ。この国で、いちばん力のあるのが誰かを、はっきりと、あの爺《じい》に思い知らせてやろうと思うておる」

信長の目にひときわ強い光が宿り、家康を睨みつけた。

「されば、この節は、わしの生誕の縁日である。祝えば、功徳ありて、すべての願い叶《かな》うべし。武田討伐の戦勝とともに、盛大に祝うてくれ」

目に青く妖しい光をたたえた信長が家康をじっと見すえている。

天正十年五月十七日
近江　安土城

狂おしき神　織田信長

一

信長は、夜明け前に目覚めた。

安土城天主下二重目《しもにじゅう》の寝間《ねま》である。巨大な天主櫓《てんしゅやぐら》の中央部にあるので光が射し込まない。

それでも、夜が明けていれば、襖《ふすま》の隙間がほのかに明るんでいるはずだが、いまはまだ、まっ暗でかすかな光の筋さえ見えない。

褥《しとね》に身を起こして小姓を呼んだ。

「たれかある」

すぐに、襖のむこうで答えがあった。

「ここに控えおります」

森乱丸の声である。

「天は晴れておるか」

たずねると、すぐに返事があった。

「晴れております」

「…………」

信長は、うなずかなかった。

小姓が控える一段低い落間《おちま》にも、窓はない。外も確かめずに返事をしたのではないか。

「なぜ分かる」

「お出かけ召されるかと存じまして、さきほど天を見ておきました」

なるほど、乱丸ならば、それくらいの気は回るであろう。

「仕度を持て」

「かしこまりました」

襖が開いて、乱丸が頭を下げた。手燭《てしよく》を寝間にさしいれて置き、耳盥《みみだらい》を持って入ってきた。

信長が顔を洗うと、目の前に手拭《てぬぐ》いがさしだされていた。

顔を拭って立ち上がると、乱丸が白絹の帷子《かたびら》を脱がせ、小袖《こそで》と革袴《かわばかま》を着付けた。革袴の紐《ひも》を手早くきっちり結び、足首の釦《ボタン》を留めた。

「ととのいましてございます」

乱丸がささげた脇差を腰にさすと、信長は常の居間を通って廊下に出た。

長い廊下を足早に歩き、階段を降りて天主の外に出た。

赤々と焚《た》かれた篝火《かがりび》のそばに、近習《きんじゅう》たちが控えている。

見上げれば、たくさんの星のまたたく天が、藍色に白みはじめていた。

「鷭《ばん》はまだおるか」

片膝《かたひざ》をついて控えている鷹匠《たかじょう》の小林家鷹《いえたか》にたずねた。

昨日の夕刻、鷭の群れが、安土山のすぐ東の汀《みぎわ》にやってきたと報告を受けていた。一年中見かける鳥だが、ときに群れをなして飛来する。

「さきほど山を下って見てまいりました。まだおりまする」

鷭は、鴨よりすこしちいさな水鳥で、葭《よし》などの生えた岸辺を好む。

「風神《ふうじん》は使えるか」

「はい。仕度ができております」

家鷹がふり返ったほうを見れば、若い鷹匠が大鷹を拳《こぶし》に据《す》えていた。

夏でも狩りができるよう、春から鷹部屋に入れて、換羽《かんう》期を調整しておいた通し鷹の風神である。いかにも品格のある居ずまいのよさに、信長は満足した。

馬にまたがって、大手道をくだった。

大手門の虎口《こぐち》から城外に出ると、東の浜に向かって馬を駆けさせた。

浜の手前の松林で馬を下りると、近習たちが息を切らせながらも追いついてきた。

「どこだ」

「むこうの浜に群れております。百羽はおりましょう」

家鷹が答えた。

「ふむ。数を獲《と》ろう」

鷭は、肉がうまい。塩と山椒《さんしょう》をふって炭火で焼けば、香ばしくてやみつきになる。肉を叩《たた》いて吸い物にしても格別だ。

いま、安土の城には、戦勝祝賀のために、徳川家康と穴山梅雪がおとずれ、逗留《とうりゅう》している。明智光秀を接待役としてつけ、馳走三昧《ちそうざんまい》させているが、その膳《ぜん》に、信長が手ずからつかまえた鷭が載れば、たいそう愉快である。

信長が左の拳を突き出すと、家鷹が風神を据え替えた。

ほかにも二据《ふたもと》の通し鷹を、家鷹と弟子が据えている。

農夫のかっこうをさせた鷹匠に太い藁束《わらたば》を担がせて前を歩かせた。

その陰から、そっと湖水に近寄った。

薄明のなかで、湖水がしずかな波音を立てている。葭のしげみの手前に、鶺の群れがじっとうずくまっている。額から嘴《くちばし》にかけての鶺独特の朱色も見分けがついた。

「まずは、こちらの葭の陰からお狙いくださいませ」

大きな群れを狙うとき、鷹が真ん中に飛び込んで騒ぎを起こしてしまうと、群れそのものが飛び立って、それ以上の狩りができなくなってしまう。たくさん捕まえるには、端の鳥から静かに摑《つか》ませるのがよい。名人家鷹の鷹なら、それができるように調教されている。
藁束の陰から出ると、信長は、左腕を後ろに引いてから、風神に初速をつけて放った。
風神は、いちばん手前の鶺を摑んだ。そのまま居ずまいよく、脚で鶺を押さえている。
摑まれた鶺がいくらもがいても、風神の爪から逃れることはできない。
つづいて家鷹が、鷹を放った。
家鷹の放った鷹も、すっと鶺を摑み、居ずまいを正した。
あたりの浜にいる鶺の群れは、気づかずじっとうずくまったままだ。
三番目に弟子の放った鷹が、端にいる鶺を狙わず、群れの真ん中に飛び込んだ。

そのうえ、摑みそこねた鶺を飛び立たせてしまった。

「しくじった」

家鷹が押し殺した声を発した。

「たわけッ」

信長は、低声《こごえ》で叱責《しっせき》した。

周囲の鶺までもがいっせいに羽音を立て羽ばたいた。

そのままどこかに逃げてしまうであろう。

しかし、飛び上がった鶺は逃げなかった。

逃げずに鷹に向かって反撃をしかけてきた。群がって羽ばたき、羽で鷹を撃退しようとしている。

群れの端で鶺を押さえていた風神ともう一据《ひともと》の鷹に向かっても、羽ばたいて攻撃している。

「いかん」

家鷹が、汀《みぎわ》に向かって駆けた。

手で追い払おうとしたが、なにしろ数十羽が群がり鷹を襲っている。数を頼んだ鶺は、天敵の鷹がいてもすぐには逃げない。

ようやく鶺を追い払ったあとの汀に、泥まみれになった風神が、ぐったりと横たわっていた。

家鷹が抱えても、動かない。

抱えたまま湖水に走り、手で水をすくってかけている。

「気を失っただけであろう」

鶚が群れをなして鷹に逆襲することは時にある。羽で叩きつけるだけなので鷹が傷つくことはまずない。たいていは気絶しているだけで、しばらくすれば正気づく。

汀から戻ってきた小林家鷹の顔がくもっている。

「首の骨が折れております」

風神の首を撫《な》でながら、眉間《みけん》に皺《しわ》を寄せた。

「ここを」

信長が示された場所を撫でると、たしかに風神の首の骨が折れているのが分かった。温《ぬく》もりのある首が、いびつにゆがんでいる。

「かようなことがあるか」

「よほど打ち所が悪かったのでございましょう。めったにあることではございません」

家鷹のことばに、信長はうなずいた。

「鶺が、鷹を殺したか」

弱い者でも、命懸けになれば、群れをなして強者を倒す——。将として、つねに我を戒めねばならぬ教訓であった。

首を折られて死んだ風神を見つめながら、信長は、世の中には我が意のままにならぬことがあるのだと、ひさかたぶりに感じないわけにいかなかった。

二

天主にもどり、常の居間で朝餉《あさげ》を終えると、信長は脇息《きょうそく》にもたれて物思いに耽《ふけ》った。
こころがさわさわ波立つのを感じていた。
――如何《いか》なことか。
我ながら、首をかしげずにはいられない。
なにか、おかしい――。
なにかが、ちがっている――。
そんな思いが、こころにさざ波を立てている。
いましがたの鷹が鷭《ばん》に殺された一件が気にかかっているだけか、とも思う。
しかし、そればかりではない気がする。
なにか重大な齟齬《そご》や亀裂《きれつ》が、信長の覇業のゆくえに待ちかまえているのではないか――。
そんな小さな危惧《きぐ》が、こころの内に芽ばえたのであった。
信長は、おのれの覇業を、いまいちど冷静にふり返ってみることにした。
天下の動静は、すでに、我が思いのままに転がりつつある。
油断は禁物だが、ひとまず畿内《きない》とその周辺の覇権は安定しているといってよかろう。
北陸に柴田勝家。
関東に滝川一益。
中山道にせがれの信忠。
東海に徳川家康。

中国に羽柴秀吉。

四国は、三男の信孝に攻めさせる準備がととのっている。

――西へ。西へ。

東国にもぬかりなく目を配りつつ、信長自身は大坂に城を築いて動座する大戦略である。

大坂に城を築けば、そこからさらに西国、南蛮へと視野がひろがる。

それは、信長の遠大な構想だ。

天下に武を布《し》く大業が、一朝一夕に達成できるわけではない。

それでも、信長は、着実に軍団を前進させ、版図《はんと》をひろげてきた。

ただ、所領を拡大し、実権のおよぶ土地をふやしたばかりではない。

領国から得られる米の年貢などは、たかが知れている。

そんな程度の収益では、とてものこと、高額な鉄炮《てっぽう》をそろえて部隊を編制することはできない。

この安土城の築城費用や大軍団の遠征に必要な兵站《へいたん》をまかなうことはできない。

天下に武を布くために、もっとも重要な要素はいったいなにか――。

信長は、ずっとそれを考えていた。

――富だ。

というのが、ひとつの結論だった。

――天下は、富のあるほうに傾く。

人は欲をもって生きている。みんな、銭が欲しい。金銀が欲しい。

米が欲しい。富が欲しい。

だからこそ、合戦とともに、富を天下に分け与える方法を、信長は考えて実行に移してきた。

それを喧伝《けんでん》するために、永楽銭《えいらくせん》の幟《のぼり》をつくって、軍団に掲げさせている。

信長は、おのれの軍団を、ただ、合戦のためだけに、各方面に派遣しているのではない。

大軍団を通すために街道を普請《ふしん》すれば、それは、すぐさま、各地の物産を、迅速に安全に、安土の城下に運ぶための街道となる。

各地に派遣した軍団には、米穀や海産物を税として徴収させるばかりではない。

織物、焼き物、漆器、紙、油、蠟《ろう》などなど、人々が欲しがる特産品があれば、それを買い付けさせる。

その物産を安土に運ばせ、楽市《らくいち》で売らせる。軍団は資金を自前で調達でき、さらには信長に上納金をもたらす。

そうすればこそ、安土の楽市を中心に領国をひろげてきた意味がある。

信長の代官は、安土の楽市に各地の商人《あきうど》がもちこんだ物産を買い付ける。

それを街道をつかって輸送し、高値のつく地方で売らせる。

その流通がうまく回転していればこそ、安土の城下は活気にあふれて賑《にぎ》わいを増し、城内の蔵に金銀と銭が積み上げられるのである。

信長にとって、領国は、商圏でもあった。

商圏がひろがれば、商いは増える。

物を運び、動かすことで、天下のあちこちに銭を配ってやれば、それ以上の大きな見返りが信長のもとに返ってくる。

いちばんたくさん銭を儲《もう》けるのは、もちろん、信長自身である。

商いをして銭を稼ぐ——という発想を、信長が得たのは、尾張の生《い》駒《こま》家からであった。

木《き》曾《そ》川《がわ》上流の川並衆《かわなみしゅう》を差配する生駒家は、水運を牛耳ることで、莫《ばく》大《だい》な富を蓄積していた。

土居《どい》で囲まれた生駒家の城館は、二つの物見櫓をそなえ、本丸、二の丸、三の丸、西の丸、吉乃《きつの》御殿、さらには、築山《つきやま》と池水をめぐらせた庭園や、いくつもの神社を勧請《かんじょう》した広壮な城塞《じょうさい》であった。

それを支えるだけの富が、生駒家に蓄積していた。
かつて、信長は、生駒家の娘吉乃を籠絡《ろうらく》して、その城館に通い詰めた。
吉乃は、信長の子を孕《はら》み、嫡男信忠、次男信雄を産んだ。
信長は、生駒家を織田家の家臣とすることに成功した。
それを契機として、信長の覇業は、尾張から大きな渦を巻き起こすこととなった。
生駒家がやっていた商いを踏襲し、さらに規模を拡大させてきた。
人がうごけば、物がうごく。
物がうごけば、銭がうごく。
その真ん中に、つねに信長がいる。

信長は、その覇業を、これからさらに飛躍的に拡大させようとしている。

摂津石山に拠点を移せば、四国、九州、いや、高麗や明、天竺、南蛮の国々までを視野に入れた戦略が立てられる。

その戦略には、遺漏などないはずだ。

もとより、各地での合戦を想定してのことだから一筋縄ではいかないが、いまの勢いで押せば、大きな無理はなかろう。

――なにか、瑕瑾《かきん》があるか。

これまで、信長は、おのが覇業の成功を、寸毫《すんごう》も疑ったことがなかった。

それが、いまは、さざ波が立っている。なぜか、狂おしいほどの苛《いら》立《だ》ちが、胸中にこみ上げてくる。

信長が構想し、実行しているのは、世の中の誰も考えつかなかった新しい国造りである。

凡百の武将たちは、合戦をしても、ただおのが領国を拡大して、年貢を取り立てることしか考えていない。

上洛《じょうらく》をねらっていた今川や武田にしても、正親町帝《おおぎまちのみかど》に拝謁し、なにがしかの官職をもらうくらいのことしか発想になかったはずだ。

――愚かなこと。

信長には、天下に割拠する大名たちが、愚物に見えてしょうがない。

信長は、まるで違うことを考えている。

――新しい国を造るのだ。

朝廷など、あってもなくても、同じこと――。すでに、そこまで信長は考えている。

「はて……」

声に出して呟《つぶや》いていた。

なにかおかしい。なにか、忘れていることがある――。そんな気がかりが、いっこうに消えないばかりか、ますます広がっていく。さざ波が、大きな波となって、こころを騒がせている。

「お呼びでございましょうか」

襖のむこうで、乱丸の声がした。いまの呟きを聞いたのであろう。

「入れ」

「はっ」

膝でにじって入った乱丸が、襖を閉めた。

「わしの顔を見よ」

「はっ……」

返事のしかたに、ためらいがあった。信長の意図をくみかねているのだ。

それでも、乱丸は、言われたとおりに、信長をまっすぐに見つめた。

「どんな顔をしておるか」

「よきお顔かと」

「相を読め。吉か、凶か。いつもと比べてどんな顔をしておる」

「…………」

乱丸がことばを詰まらせた。

「思ったままを言うがよい」

「はっ。それでは、おそれながら申し上げます」

乱丸が、両手をついて平伏した。低頭したままことばをつづけた。

「観相術の吉凶は存ぜぬことながら、ただいまの上様のお顔は、いささかお疲れのごようすにございまする」

「であるか」

信長はつぶやきながら、口髭《くちひげ》を指で撫でつけた。ただの疲れからきた苛立ちならば、さして気にすることはあるまい。

思い返せば、尾張の那古野城を振り出しに、合戦に明け暮れた。

清洲城から、小牧山城《こまきやまじょう》。

美濃の稲葉山城。

そして、この安土の城。

城から城へと移るたびに、あまたの合戦をしてきた。

――疲れた。

などと思ったことはない。

将が疲れるということは、とりもなおさず、軍勢、兵略が停滞するということにほかならない。

来年は五十になる。

まだまだ覇業の途中である。天下布武《ふぶ》への道のりは遠い。こんなところで停滞しているわけにはいかない。

強くそう思っている。

その思いが、焦燥となって、信長のこころをかきたてているのか。

それゆえに、波立ち、苛立つのか。

——大坂に行くべし。

信長は、かねて抱いている戦略構想をいまいちど仔細に点検し、いよいよ実行に踏み切ると決断した。

祝賀のことが一段落したら、さっそく、大坂に動座する。

岐阜からこの安土に移ってきたとき同様、名物の茶道具だけ運ばせればそれでよい。

そう決めたら、さざ波と、苛立ちが消えて、こころが落ち着いた。

三

信長が本丸御殿に出向くと、徳川家康、穴山梅雪とその供衆の主だった者たち、明智光秀や、松井友閑、武井夕庵《せきあん》ら、織田家の重鎮たちが顔をそろえていた。

本丸御殿は、内裏《だいり》の清涼殿と同じ間取りの建築である。

板敷きの間が広々としているところに廂《ひさし》が長いので、夏場は風通しがよく過ごしやすい。

いまも、外は陽射しが強く蒸し暑いが、ここはいたって涼しい。

真ん中に置いてある厚畳《あつだたみ》に信長がすわると、一同が平伏した。

「まこと眼福《がんぷく》でございます。ありがたきことかな」

家康が口火を切った。

一同は、信長所蔵の茶道具を見ているところだった。

広間の隅に台子《だいす》がすえられ、釜《かま》が静かに湯音を立てている。

一座の真ん中に、初花《はつはな》茶入、富士茄子《ふじなす》茶入、青磁蕪無《せいじかぶらなし》花入など、信長が集めた三十八の名物道具がならんでいる。

「この九十九《つくも》茄子は、ことに素晴らしゅうございますな」

家康が、丸くふっくらした茶入を手にとって眺めている。

信長が、足利義昭を擁立して上洛したとき、大和多聞山城《たもんやまじょう》の松永久秀から献上された茶入である。

見返りとして、久秀に大和一国を安堵《あんど》してやったので、大和一国に値する茶入と言われるようになった。

その松永久秀は、何年か前、謀叛《むほん》の果てに、平蜘蛛《ひらぐも》の釜を道連れにしてあの世に旅立った。信長は、平蜘蛛の釜をわたせば命を助けると言ったが、久秀は死を選び、平蜘蛛の釜とおのれを火薬で爆破し、果てた。

「愚かな男であったな」

信長は、松永久秀のことを思い出して口にしていた。あの男は、なぜ、あんなに意固地になったのか。長年、疑問でならなかったが、今日は、なぜか久秀の気持ちが分かる気がした。愚かさは、人間のどうにもならぬ性《さが》である。

「まことに……」

家康があいまいに相づちを打った。彼は九十九茄子の出所を知っている。どう答えてよいか分からぬのであろう。

「こちらの初花肩衝《かたつき》も、なかなかみごとでございますぞ」

接待役の明智光秀が、取りなすようにべつの道具を見せた。暗い話題にならぬように気をつかっているらしい。

わしはやはり疲れているのかもしれない——と、信長は思った。

光秀は、家康と梅雪に、あれこれと道具を見せてやっている。二人は無心に拝見しているようすである。

茶道具をひととおり見終わったところで、同朋衆《どうぼうしゅう》が天目茶碗《てんもくぢゃわん》に茶を点《た》てた。

信長も、菓子をつまんで茶を飲み、すこしゆるりとした気分になった。

御殿のうちを見渡しながら、家康がなにげなさそうにつぶやいた。

「この清涼殿に、帝《みかど》が行幸《みゆき》なさっておられましたら、さぞや華やかでございましたでしょうな」

途端に、信長のこころに、また、さざ波が立った。

——そうだ。帝のことだ。

今朝から信長のこころを騒がせていたのは、帝のことだった。

「まこと。上様からなんどもお出《い》でくださるようにお願いいたしましたが、かなわぬままでござった」

沈黙する信長の代わりに、明智光秀が答えた。

——あの爺《じい》が、わしのこころに波を立てている。

やはり、正親町帝をなんとかせねばならぬ、というのが信長の最大の課題であった。

京に内裏があるかぎり、天下のすべての大名は、まず第一に内裏を崇敬する。内裏もそれを当然と考えている。それが信長には耐え難い。

天下で崇敬を受けるべき第一等の人間は、このわしをおいてほかにあるべきではない。

それでいて、真っ向から対決できる相手でないことがもどかしい。矢弾《やだま》をもって消し去れる相手なら、さしたる苦労はない。

それができぬ相手だから、もどかしく狂おしく、こころが波立つ。

「帝を改心させる……と、先日、仰せでござったが、さて、いかようになさるおつもりでござろうか」

家康が、まじまじと信長の顔を見すえている。

「そのことよ。まずはあの爺に、おのが無力をとことん知らしめねばならん」

あの爺は、朝廷にまだ力があると考えている。それがなにより腹立たしい。武家の庇護《ひご》なくして生きられぬ身でありながら、なお、高みから天下を睥睨《へいげい》している。

「いずれ、徳川殿にも力を貸してもらわねばならぬ時が来る」

「いずれ、とは……いつでござろうか」

家康がたずねた。

「遠い話ではない。この夏のうちに」

「それはまた急なお話」

「ふむ」

信長は、答えずに口髭を撫でた。

「明日か明後日《あさって》には、幸若太夫《こうわかだゆう》が、ここに来ることになっておる。まずはゆるりと舞を楽しまれよ」

幸若舞は、音曲《おんぎょく》とともに武家の物語を謡《うた》い、舞う。

「ありがたきかな。楽しませていただきましょう」

「そのあと、上洛するがよい。仕度をさせてある」

一瞬の間ののち、家康がしずかにうなずいた。

「承知つかまつった。上洛いたしましょう」

「京から、大坂、奈良、堺へとまわり、遊山しながら各地の情勢を見聞されよ。さすれば、わしが考えておることも、おのずと分かるはずだ」

家康がうなずいた。となりにいる穴山梅雪もうなずいた。

信長の西進構想を理解している家康ならば、京、大坂の地で信長がなにをやりたがっているのか、はっきり認識するであろう。

「その長谷川《はせがわ》に露払いをさせよう。長谷川、ご両人をしかと案内せよ。堺の今井宗久のところに行き、茶会を開かせよ」

「かしこまって候」

一座の端にいた長谷川秀一《ひでかず》が平伏した。若いころから信長に仕えている男で、いたって信頼できる。

「信澄《のぶずみ》と丹羽は、先に大坂に行っておれ。石山の地に、わしが泊まれる館《やかた》が入り用だ」

津田《つだ》信澄は、信長の甥である。光秀の娘を嫁にとっている。

「かしこまって候」

信澄と丹羽長秀が平伏した。

この二人は、四国攻めの副官に任じてある。先発させ、大坂の仕度をさせておけば、いたって段取りがよい。

「大坂はよいぞ。徳川殿はまだ行ったことがなかろう。広々して、どれほど大きな町がつくれることか」

「御意。京、奈良、堺もいまだ足を踏み入れたことがござらぬ。じっくりと見物させていただきまする」

「大坂は、いずれ、この国の中心となる場所。ことにじっくり見聞してくるがよい」

大坂と堺について話をしていると、小姓の乱丸が、気配を抑えながらも、足早に駆け込んできた。

信長のそばに寄って、耳打ちした。

「備中の羽柴筑前守殿より、急ぎの使者にございます」

「白州《しらす》に通せ」

廂下の縁廊下から階《きざはし》に出ると、すぐに二人の甲冑《かっちゅう》武者が駆け込んできた。背中に真っ赤な母衣《ほろ》を背負っている。

息を切らして白州に平伏した。

黒い甲冑のあちこちに汗が塩となって白く固まっている。

「申し上げます。主《あるじ》羽柴筑前守、山陽路を攻め下り、各地の城、砦《とりで》、つぎつぎと攻落しておりますれど、いま、備中高松の城を攻めんと、堤を築き水を湖水のごとく湛《たた》えて水攻めしたるところ、芸州より、毛利、吉川《きっかわ》、小早川《こばやかわ》の援軍陸続と到着。決戦のかまえなれば、なにとぞ援軍たまわりたし、と言上せよとの下命にて、急ぎ馳《は》せ参じました」

息を切らしながら、そう語った。

「ふむ」

信長は、うなずいた。

頭のなかで、目まぐるしく計算が働いた。

いつ、どこで、どう戦うのが効率的か。

その計算をまちがったことはない。むろん、読み筋が狂うこともある。しかし、それとて織り込み済みだ。

いずれ、西に移るつもりだ。

――いまこそ、まさしくその時。

信長の頭上から、すずやかな天の声が響いた。

「よし。すぐに援軍を送る。光秀、おまえが行け」

信長は、階から広間をふり返った。

「かしこまって候」

広間で、明智光秀が平伏した。

「たったいま安土を発《た》って亀山に戻り、出陣の仕度をして、備中高松へ向かえ」

「承知いたしました」

「わしは、幸若舞を楽しんでから、京に行く。丹羽は、大坂で館の仕度をしておけ。京で茶会を開いたのち、大坂に行く」

「かしこまって候」

丹羽長秀が平伏した。

「光秀は、羽柴を助け、さっさと備中を落とせ。大坂で朗報を待っておるぞ」

「かしこまって候」

平伏した光秀の肩が、やけに強《こわ》ばって見えた。

空を見上げると、雲が多いながらも、梅雨の晴れ間の陽射しがまぶしかった。

夢幻《ゆめまぼろし》のごとくなり

近衛前久

天正十年五月十九日
近江　安土城

一

安土山の西の峰に摠見寺《そうけんじ》がある。

信長が、自分の身代わりに、盆山《ぼんさん》を拝ませている寺だ。鳰《にお》の海がよく眺めわたせる場所に本堂があり、甲賀《こうが》から移築した三重の塔が建っている。

本堂のわきに能舞台があって、朝から幸若舞《こうわかまい》が舞われている。

今日の信長は、いたって機嫌がよい。

――めずらしいことだ。

近衛前久《このえさきひさ》は、こころのなかで首をかしげていた。

正面の桟敷《さじき》に陣取った信長は、右に徳川家康と穴山梅雪《あなやまばいせつ》を侍《はべ》らせている。

前久は、信長の左にすわっている。

松井友閑《ゆうかん》、武井夕庵《せきあん》、楠木長諳《くすのきちょうあん》、長雲軒妙相《ちょううんけんみょうそう》ら頭を剃《そ》った法体《ほったい》の坊主衆が、まわりを取り囲んでいる。さらにそのまわりは、家康と梅雪が連れてきた家臣や、信長の馬廻《うままわり》、小姓、年寄衆でいっぱいだ。

信長は、ふだん口数が少ない。

人と向かい合うときは、口元を引き締め、切れ長の目で、じっと相手を見すえる。

けっして、目をそらさない。

無言のまま、まっすぐこちらを見つめてくるので、前久などは、つい、おずおずと視線をはずしてしまう。

不機嫌そうに威圧的なのが、いつもの信長なのだ。

そんな男が、今日は、にこやかで、饒舌《じょうぜつ》である。

「いまの大織冠《たいしょかん》は、なかなかよい出来であったな」

「まこと、海女《あま》と龍王がそこにおるかのごとくでござった」

信長のことばに、徳川家康が、くり返しうなずいた。

幸若八郎九郎太夫《だゆう》がさいしょに舞ったのは、上代の廷臣藤原鎌足《かまたり》を主人公にした舞であった。大織冠《たいしょつかん》は、鎌足が帝《みかど》から賜った位である。

藤原鎌足は、龍王にうばわれた唐《から》渡りの宝珠を取り返すため、海女と契《ちぎ》り、一子をなしたのち、海女に事情を打ち明け、宝珠を取り返してくれるように頼んだ。

海女は、子どもを藤原家の嫡子にするという約束を取り付けて、海にもぐる。

深くもぐって龍宮にまで行ったが、龍王に見つかって、四肢を喰《く》いちぎられて殺されてしまう。

それでも、宝珠は、海女の乳に隠れて、ぶじに鎌足の手にもどった——。

そんな話が、鼓《つづみ》に合わせて、延々と吟唱され、舞われるのである。

幸若舞は、動きに派手さがなく、衣裳《いしよう》も、ただ当たり前の茶色い直垂《ひたたれ》を着て、烏帽子《えぼし》を被《かぶ》っているばかりだ。それゆえ、下手な者が舞えば、ぎこちなく手を振って歩いているようにしか見えない。

しかし、名人が舞えば、鎌足のとまどいも、海女の情も、海の底のようすも、龍王の恐ろしさも、眼前に彷彿《ほうふつ》とする。あわれの溢《あふ》れる物語となるのである。

信長は機嫌よく、家康にしきりと酒や重箱に詰めた料理を勧めている。

「徳川殿は、存外、食が細い。もっと過ごされるがよかろう」

「はい、もう存分にいただいております」

家康が安土に着いて、すでに四、五日はたっていよう。それからというもの、朝から五の膳《ぜん》までついた馳走《ちそう》ぜめらしいから、さすがに食傷気味であろう。

「遠慮なさらずに、さあ」

信長にうながされて、家康は箸《はし》を手にした。重箱に詰めてあった鳥の焼き物を取って、かぶりついた。

「その鷭《ばん》はな。わしが獲《と》ったもの。手強《てごわ》い鷭であったわい」

信長がさりげなくいった。

前久が鷹匠《たかじよう》から聞いたところによると、鷭のせいで、信長が寵愛《ちようあい》していた鷹が一据《ひともと》死んでしまったという。そのことは、さすがに口にしない。

「それは重畳《ちようじよう》。稀代《きたい》の珍味でござるな」

家康が鷭の胸肉をたいらげると、信長がさらに勧めた。

「手羽がまたかくべつの味。ぜひ召し上がられよ」

「いただきましょう」

手羽の骨を手に取って、家康がかぶりついた。律儀な男にちがいない。

しずかに肉を食い、きれいに骨だけ残した。

次の舞が始まった。

幸若太夫は、こんどは田歌《たうた》を舞った。農村の田植え歌をもとにした素朴な曲である。

そのあとも、何番か舞がつづいた。

信長は、太夫の舞がいたく気に入ったらしく、満悦顔だ。

「つぎは、敦盛《あつもり》にございます」

駆けてきた小姓が、信長に告げた。

「そうか」

信長は、幸若のなかでも、とくにこの曲が好きで、しばしば自分でも舞っている。いや、信長が舞うのは、ただこの曲ばかりだ。

平清盛《きよもり》の甥《おい》である平敦盛は、十六の若武者である。須磨《すま》の浦の合戦に敗北して逃げるとき、愛用の笛を忘れて、取りに戻った。

そのため、味方の船に乗り遅れ浜に取り残されてしまった。

その浜で、源氏の武将熊谷直実《くまがいなおざね》と一騎打ちとなり、敦盛は直実に首を討たれた。

熊谷直実のむすこも、同じ十六。その合戦で負傷していた。

――薄手を負っただけでも心が苦しいのに、首を討たれた敦盛の父の嘆き悲しみはいかばかりか。

この世の無常を感じた直実は、出家してしまう——。

「人間五十年、下天《げてん》のうちを比ぶれば、夢幻《ゆめまぼろし》のごとくなり。一度生を享《う》け、滅せぬもののあるべきか」

出家した直実が吟ずるこの節を、信長はことに好んでいた。

幸若太夫の張りのある声が、舞台から朗々と響きわたった。

前久がちらっと流し目をくれて見ると、信長は口元を引き締めて聴いている。

集まっている数百の武者たちも、身を乗りだして舞台を見つめ、耳をそばだてて聴き入っている。

照りつける陽射しと、人々の発散する熱気とで、前久は目眩《めまい》を感じた。

ふいに、眼前の風景が、ゆらりと揺れた。

――人の世は、幻か。

この安土の城も、大勢の武者たちも、信長さえも、ただの幻かもしれない。

そう思って見ていると、自分さえ、この風景のなかの幻であるような気がして、強い不安に襲われた。

前久は、強く目を閉じて、瞼《まぶた》の裏の闇にすがりつこうとした。

夢幻にすぎぬこの世より、自分の意識のなかに沈潜《ちんせん》しているほうが、はるかに落ち着く気がしたのである。

しばらくのあいだそうしていた。

ゆっくりと細く長く息を吐いて、呼吸をととのえた。意識してそうしていないと、呼吸が荒くなりそうだった。

——信長死すべし。

正親町帝《おおぎまちのみかど》の勅命を思えば、平常心ではいられない。

そのことは、できるだけ頭から消して、ただ落ち着いて呼吸することだけに専念した。

ふと、気配に気づいて目を開くと、もう舞が終わっていた。

信長がしげしげとこちらを見ている。家康や梅雪、まわりの坊主衆も、ふしぎそうに目を向けている。

「近衛殿は、どこか具合でも悪いか」

信長の細い目の奥に光る黒目に、鏃《やじり》で射貫《いぬ》くほどの鋭さを感じた。

「いえ……」

「なにか気がかりでもあるか」

前久は、素手で心の臓をつかまれたほどに驚いた。

――勘づかれたか。

粛清の密勅を見透かされているのではないかと、不安になった。

――そんなはずはない。

こころの内で、首をふった。

しかし、知っているのは、前久だけではない。勧修寺晴豊も、吉田兼和も、里村紹巴も知っている。誰かがひと言でも漏らせば、たちまち露見するだろう。

脂汗が、背中に流れた。

「いえ、なにもございませぬ」
張りつめた緊迫感を解いてくれたのは、信長のむこうにすわってい
る家康であった。
「幸若太夫の舞は、みごとでございました」
間合いよくやわらかな声で話したので、一同の目がそちらに向きな
おった。
信長が手にした扇子で膝《ひざ》を叩《たた》いた。
「まこと、よい舞であった。太夫に褒美を取らせるゆえ、ここに呼
べ」
信長が小姓の森乱丸に命じると、舞台から消えていた幸若太夫が、
桟敷の前にあらわれた。

「みごとであった。これからもなお励め」

信長が小袖《こそで》を与えると、太夫が両手で押しいただいた。

「ありがとうございます。御屋形《おやかた》様に万歳《ばんぜい》の豊楽がございますように」

うなずいた信長が、左手の指の先で口髭《くちひげ》を撫《な》でながら、杯を手にした。

濁り酒をすいっと飲み干してから、口を開いた。

「もう、舞は終わりか」

「はい。本日は、いまの一番にてお開きとさせていただきまする」

幸若太夫が答えた。朝から数刻の熱演であった。さすがに、もうこれ以上は舞えまい。

信長が、目を細めて天を見上げた。日はまだ天に高い。

「まだ、日高《ひだか》じゃ。梅若《うめわか》に能をやらせよ」

「かしこまりました」

小姓の森乱丸がいそいで楽屋に走った。

二

梅若太夫の能は、明日、興行される予定だった。それをいきなり命じられたのでは、すぐには仕度も調うまい――。

そう思ったが、前久はなにも言わなかった。どのみち、信長の下命に逆らえるはずがない。

待つほどに、小姓が帰ってきた。

「すぐに始めるようにいいつけて参りました」

信長がうなずいて、舞台をまっすぐに見つめた。

待っていたが、能は始まらない。

「今年の夏は、雨が少のうございますな。これでは、米の出来がいささか心配でござる」

じりじり照りつける陽射しを眺めやりながら、家康が信長に話しかけた。桟敷には屋根があるが、舞台前は照りつけが強い。

まっすぐ前を向いたままの信長は答えなかった。すぐさま能が始まるのを待ちかまえている。

機嫌はよいのだが、今日の信長は、全身に張りつめたなにかが漲《みなぎ》っているようである。西国の合戦に思いが昂《たかぶ》っているのか。

なにを話してよいか分からず、前久は舞う者のいない空っぽの舞台をぼんやり眺めていた。

信長の御前のことで、境内を埋め尽くした家臣たちも、無駄口は叩かない。強い陽射しのなかで、ただ、じっと能の始まるのを待っている。

――やはり夢幻《ゆめまぼろし》か。

数百人の武者が、前久の視界で、夢か幻のごとくに揺れている。

さらにじりじりと待たせてから、梅若太夫がやっと舞台にあらわれた。

夢の世なれば驚きて。捨つるや現《うつつ》なるらん。これは武蔵《むさし》の国の住人。熊谷の次郎直実出家し。蓮生《れんせい》と申す法師にて候。さても、敦盛を手にかけ申し事。あまりに御痛わしく候ほどに。かようの姿となりて候。またこれより一ノ谷に下り。敦盛の菩提《ぼだい》を弔《とむら》い申さばやと思い候。

「また敦盛か」

信長の目が、すっと細くなった。

「上様のお好みゆえでございましょう」

家康がうなずいた。

信長が幸若の敦盛を好むので、能でも同じ曲をやって、お褒めに与《あずか》ろうとの梅若太夫の心算であろう。

「ふん」

信長の鼻が不快げに鳴った。

能の敦盛は、幸若の敦盛とずいぶん違っている。

こちらは、戦いののち、熊谷直実が出家して、蓮生という名の法師になってからの話である。

蓮生が、敦盛を弔うため、須磨の浦のそばの一ノ谷を訪ねると、草を刈る男たちに出会った。男たちは、風流について、また笛についてしたのち、立ち去るが、一人だけ残って、蓮生の念仏を所望した。

じつは、その草刈り男こそ、敦盛の霊の化身であった。

その夜、蓮生の夢に、かつての武者姿の敦盛があらわれた。平家の栄華を語り、合戦のようすをふり返る。舞も舞って見せるが、蓮生の夢が覚めるとともに、消えてしまう――。

そんな筋立てである。

しかし、出来がよくなかった。

出来のよい幸若の敦盛を見たあとだけに、あわてて演じる梅若太夫の敦盛は、胸に迫ってくるものがなかった。

一座の者は、みな急いで仕度したのか、鼓《つづみ》もよくなかったし、謡《うたい》もふるわなかった。

「なんだ、あの敦盛は……」

吐きすてるような信長のつぶやきが聞こえた。

それでも、まだしばらくは黙って見ていた。

中入りがあって、蓮生の夢に敦盛の霊が姿をあらわしたあたりから、信長の苛立《いらだ》ちが、あからさまになった。

機嫌のよかった顔が朱に染まるほど激昂《げっこう》しているのが、横目で見る前久にも分かった。

「もうよい。見苦しい」

叫んだ信長が立ち上がった。

桟敷から飛び降りると、舞台に向かって駆けた。

すわっていた武者たちが後ろを振り返り、波のように左右に分かれた。

舞台に上がると、信長は梅若太夫の横面に拳《こぶし》をくらわせた。

烏帽子と中将《ちゅうじょう》の面が飛び、太夫はそのまま舞台に倒れた。豪華な装束を着けているだけに、無様さがひとしおだった。

倒れた梅若太夫を、信長が蹴《け》りつけた。

数百の武者たちが、息を呑《の》んで見ていた。誰もひと言も発しなかった。静寂がむしろ、不気味だった。

さんざんに蹴りつけ、もう気がすんだだろうという頃合いで、小姓の森乱丸が舞台に上がった。

仁王立ちになった信長の前にひざまずき、さりげなく進言した。

「いかがでございましょう。能のあとに舞は、本式ではございませぬが、いま一番、幸若太夫に舞わせましたら、お口直しになろうと存じます」

信長が、目をつり上げたままうなずいた。

「そうさせよ」

乱丸が、幸若太夫に肩を貸して立たせ、舞台の橋懸《はしがかり》を通って、揚げ幕の奥に連れ去った。

待つほどに、幸若太夫があらわれ、こんどは和田酒盛《さかもり》を舞った。

鎌倉の御家人《ごけにん》和田義盛《よしもり》が、一門を引き連れて長者の家で宴を催した。長者の家には、虎《とら》という名の遊女が滞在していた。義盛はその女が目当てでやって来たのに、虎は出てこない。

やっと姿を見せたかと思えば、好きな相手に杯を渡して酒を注ぐ思い差しをすることになった。遊女虎は、思い切って十郎という男に差してしまう。座が険悪になり、いまにも喧嘩《けんか》が始まりそうになる。

十郎の仲間の五郎という侍があらわれて一悶着《ひともんちゃく》おこるが、結局、和田義盛は、思いを遂げることもできず、五郎からも諫《いさ》められ、すごすご帰るという筋立てである。

見ていた信長は、たいへん満足そうであった。

舞い終わった幸若太夫が楽屋に引き取ると、信長は森乱丸を使いに立てて、またしても呼びにやらせた。

桟敷前にあらわれて平伏した幸若太夫を、信長は褒め立てた。

「よい出来の舞であった。褒美に金子《きんす》をつかわそう」

小姓が、三方《さんぼう》に載せた大判を捧《ささ》げてきた。十枚は載っている。大判十枚は、小判百両に相当する大金である。

「かようにたくさんいただきましては、罰が当たりまする」

幸若太夫は恐縮して辞退したが、信長は手で制した。

「気にするな」

「しかし、過分でございまする」

「それくらいの黄金は、なにほどのこともない」

実際、この安土城の蔵には天井に届くほど金銀が積まれているのを前久も見せられたことがある。

それでも、幸若太夫が三方に手を伸ばしかねているのを見て、乱丸が口を開いた。

「上様。それでは、梅若太夫にも、金子をお下しになられてはいかがでございましょうか」

「梅若に……。なぜだ」

信長が、首をかしげた。いましがた、芸がひどくて折檻《せっかん》したばかりの太夫に、なぜ褒美を取らせるのか、横で聞いている前久にも理解できなかった。

「されば、このままに捨て置きますと、上様が吝嗇《りんしょく》で、梅若太夫に出し惜しみをして、代わりに折檻したなどとの風評がたつやもしれませぬ」

乱丸の言葉に、信長は、ふた呼吸ほどのあいだ黙って考えていた。

ゆっくりうなずいた。

「もっともだ」

乱丸のいうように、足蹴にしたまま放っておけば、よい評判が立たないことは決まりきっている。

「梅若太夫を呼べ」

乱丸が機敏に立ち上がって走り去った。

ほどなく梅若太夫があらわれた。おずおずと震え、また信長から打擲《ちょうちゃく》されるのを警戒している。

「おそれずともよい。褒美をつかわすゆえ、安堵《あんど》いたせ」

それでも、梅若太夫は、事情が呑み込めずにきょとんとした顔をしていたが、目の前に十枚の大判をさしだされて事情を説明されると、這《は》いつくばって恐懼《きょうく》した。

三

その夜遅く、前久は、本丸館《やかた》の縁先から月を眺めた。

前久が信長から宿舎として与えられたのは、本丸の館、帝がけっして訪れることのない清涼殿であった。建ってから何年もたっているのに、ほとんど使われることもないのだろう。掃除がゆき届いているとはいえ、殿舎のなかは、いささか黴《かび》くさい。

中天にかかった十九夜の月が、やけに赤く、痩《や》せて見窄《みすぼ》らしく見える。上空には風があるのか、流れの速い雲が、月にかかっては、通りすぎていく。

眼下には、階段状につらなった安土城の石垣と館の群れ、そして、城下の町並みが見える。

朧《おぼろ》な月明かりに浮かび上がる城と町は、信長という欲深な人間がつくり上げた醜悪な傷か病巣に見えた。

美しいなどとは、とてものこと思えない。

まして、頭上に覆いかぶさるように建つ天主の威容を見上げれば、よけいに気持ちが重くなる。自分が帝でも、やはり、ここの清涼殿に、行幸《みゆき》はけっしてするまい。

――結局、麿《まろ》か……。

前久は、さきほどから、そのことを思っている。

先に安土に送り込んでおいた連歌師里村紹巴《さとむらじようは》は、いま、この本丸清涼殿のはずれの一室で、床に臥《ふ》せっている。

前久が安土に着いた日、ここに呼びだすと、真っ青な顔をして、杖《つえ》を突きながら這々《ほうほう》の体《てい》であらわれた。

「首尾は、いかがであったか。道筋は、つけられたか」

なにを措《お》いても訊《たず》ねたのは、まずそのことだ。密勅は、はたしてうまく明智光秀に伝えられたのか――。

まかり間違えば、すべての破滅がそこから始まる。

いや、うまくいったところで、始まるのは混乱、混沌《こんとん》、合戦、殺戮《さつりく》……。天地をひっくり返すほどの天下の騒擾《そうじょう》である。

あわれな里村紹巴は力なくうなだれた。

「密勅があることはお伝えいたしました。それを坂本の城で告げることも……」

病人めいた顔でそんなことを言われると、それ以上追及する気にはならなかった。

そもそも、連歌師の紹巴にそんな大役を押しつけたのが悪いのである。紹巴に罪はなかろう。

秘密が漏洩《ろうえい》することを考えれば、紹巴をそばから離す気にはならず、それ以来、この清涼殿の付き人の部屋に滞在させている。紹巴は、褥《しとね》に臥せったままだ。とても、重要な役など果たせまい。

信長粛清の勅《みことのり》を伝えるなら、武家伝奏《ぶけてんそう》の勧修寺晴豊か、やはり、自分……ということになってしまう。

前久は、深くため息をついた。

悩まずにはいられない。

めんどうな役を紹巴に押しつけようと思っていたが、やはり、この男には無理だ。

――結局は、麿が伝えねばならないか。

紹巴のようすを見ていると、そう考えないわけにはいかない。

帝から人を選び、勅を伝えよ、と言われたのは自分である。なんとか逃げたい役目だったが、そうもいかぬ仕儀となってきたようだ。明智光秀との親しさから言えば、自分以外にはあるまい。

——それが憂き世のしがらみか。

あれから、何度か参内したが、帝はますます激昂するばかりで、とてものこと、落ち着かせることはできない。まわりの舎人《とねり》や衛士《えじ》たちでさえ、信長粛清のことをすでに気づいているであろう。なんにしても、このまま放置はできない。

光秀は、すでに坂本の城だ。数日のうちに、丹波の拠点亀山城に戻るであろう。

ほどなく、前久も京に帰ることになっている。

京への帰途、坂本の城に立ち寄れば、勅を伝えるちょうどよい頃合いではある。目立つこともない。

――しかし……。

なんといって口火を切ればよいのか。

吉田兼和は、無責任にも亀卜《きぼく》で明智光秀を選んだ。

その人選が、はたして的確かどうか、なお熟慮の余地がある。

……いや、そもそも問題なのは、帝の勅だ。

信長死すべし――、という勅に、義があるのかどうか。

義はなくてもよい。利はあるか。勝算はあるか――。

……いやいや、帝の勅は絶対だ。

義や勝算があろうがなかろうが、勅が出れば、粛々と実行に移すのが廷臣の役目である――。

このところ、ずっとそんな考えばかりが、浮かんでは消えていく。考えていると、頭が熱を帯びて、ぼんやりしてくる。ぼんやりした頭で眺めていると、視界が揺らぎ、現《うつつ》と幻の境があいまいになってくる。

いまも、月明かりに照らされた城と城下が、どうしても、本当の人間の営みには見えなくなってしまっている。

——ただの幻ではないのか。

そう思えてならない。

いくら人を集めて石垣を積み、豪壮な城を築いたところで、天下が統《す》べられるわけではない。

こんなものは、ひとたび合戦に負ければ、またたくうちに消えてなくなる。

末長くこの城が残るためには、信長が天下人《てんかびと》として、安定した地位を確保していなければならない。

天下人となるためには、それだけの器量が必要だ。

――信長に、天下人としての器量があるかどうか。

考えて、前久は首をふった。

今日の能興行の場での激昂ぶりはどうか。

あのように血の気の多い男が天下人になっては、この国をどのように誤った方向に導くか知れたものではない。

なによりも考えねばならぬのは、そのことだった。

信長が征夷《せいい》大将軍として幕府を開き、朝廷に崇敬をもって臨むなら、なんの問題もない。

朝廷は、よろこんで後ろ楯《だて》となる。

しかし、あの男は、三職いずれの官職なりとも望みのままに推任するという内裏《だいり》の申し出に、なんの返答も出さない。ほとんど足蹴にしてほったらかしである。

それぱかりか、都を大坂に移し、内裏までも、そちらにつくるとの暴言をはいている。

――あの男は、いずれ、朝廷を消し去るつもりだ。

どのように見つめ直し、考え直しても、そうとしか思えない。

――皇統を絶やしてはならぬ。

第一義は、そのことだ。

それがなにより重要だ。

そのために、なにをなすべきか。

それを思えば、やはり帝の決定は正しいのだと思えてくる。

しかし――。

思いは錯綜《さくそう》し、千々《ちぢ》に乱れる。

ほんとうに信長を粛清することができるのか。

失敗したら、朝廷がこの世から抹消されてしまう。

これは、皇統の存亡を賭《か》けた大きな事業である。失敗すれば前久も無事ではいられない。

そう思えば身が引き締まる。

しかし、さて、はたして――。

そんなことを考えていると、本丸の庭先に人影が見えた。

——くせ者か。

怪しんだが、身なりのきちんとした武者であった。顔に見覚えがある。徳川家康の家臣である。

「よい月でございます。まだ御寝《ぎょしん》なさっておいででなければ、茶など一服いかがかと、わが主《あるじ》からの言伝てでございます」

恭《うやうや》しく頭を下げた。

家康のいる高雲寺《こううんじ》御殿は、本丸のすぐわきの三の丸にある。短い石段を登ったところだ。

「お邪魔いたそう」

これもなにかの縁かと、前久は招きを受けることにした。

高雲寺御殿は、甲賀か伊賀《いが》あたりのそんな名の寺を接収し、移築してきた建物らしい。

書院に台子《だいす》が据えられ、釜《かま》がしずかに湯気を吹いている。

家康は、茶色い小袖を着てくつろいでいた。

灯明に照らされた家康の顔が、前久には、人間に見えなかった。

——狐狸《こり》か。

思ってから首をふった。まさか、妖怪《ようかい》ではあるまい。今日の前久は、やはりどうかしている。

「静かなよい月でございますゆえ、失礼かと存じましたが、お招きしたくなりましてな」

「いや、わたしも月を眺めていたところ。まことに……」

よい月だと言おうとして、口ごもった。

情緒もなく霞《かす》んでいるだけで、世辞にも、よい月だとは言いにくい。

それを、あえてよい月だと言いくるめてしまう家康に、言いしれぬ不気味さを感じたのであった。

家康が手ずから薄茶を点《た》て、前久の前に置いた。

天目茶碗《てんもくぢやわん》から、前久は、ゆっくりと茶を喫した。熱を帯びた頭に、茶が清涼をもたらした。

「今日は、いかがなさいました」

家康が、じっと前久の目を見すえていた。

「…………」

前久は、ことばを喉に詰まらせた。

「いや、どうというて……」

瞼が厚く眠たげに澱《よど》んでいるが、家康の目の奥に背筋がぞっとするほど強い光があった。

――したたかさは信長以上か。

おぞましさを感じた前久の全身に鳥肌が立った。

「なにか、朝廷に秘め事がございましょうか」

家康のことばに、前久は凍りついた。

――この男は。

どこまで見透かしているのか。

前久の手から、天目茶碗が滑り落ち、そのまま書院の畳を転がった。

「いかがなさいましたか」

転がった茶碗を手に取った家康が、前久を見ている。

――いかん。

「これは粗相をいたした……」

言いつくろったが、心の動揺は見透かされているであろう。

――武家は聡《さと》い。

日々、有職故実《ゆうそくこじつ》に明け暮れている公家《くげ》と違い、武家は命を賭けて世の中を眺めまわしている。そんな連中が、のたりとした朝廷の謀《はかりごと》に気づかぬはずがない。このままでは、朝廷が武家から追い詰められてしまう。

前久は、こころを落ち着けようと、呼吸をととのえ、臍下丹田《せいかたんでん》に気を沈めた。

いまはなんとしても、朝廷の権威を高めるべきときだ。この難所を切り抜けなければ、公家の明日はない。

――為《な》すならば、電光のごとく。

裂帛《れっぱく》の気魄《きはく》をもって臨まねば、ことは為らぬ。

――どうせやるなら、麿が光秀に勅を伝えに行くべし。

それがよい。そうせねばなるまい。そして、証拠を残してはならぬ。節刀《せっとう》などはもってのほか。光秀がし損じたときに、節刀を持っていたことが知れれば、万事休す。言い訳が立たぬ。

そうだ。それらしい太刀を渡せばよい。古来、節刀は中の太刀も外の拵《こしら》えも、なんども造られたと聞いている。それらしい太刀を渡して節刀と称せばよいではないか。

――確実に明智光秀を動かし、一切の痕跡《こんせき》を残してはならぬ。それこそ五摂家筆頭近衛家当主の務めであるわい。

こうなったら、徹頭徹尾、狸になりおおせてやろうと決めた。目の前にいる徳川家康の上を行くのだ。

はっきりそう思い定めた。もう、気息《きそく》もととのっている。

「よい茶でおじゃりますな。もう一服所望したい」

言われた家康が、怪訝《けげん》そうな顔で前久を見ている。

「茶を、もう一服所望したい」

おごそかな声でいまいちど告げると、家康があわててうなずいた。

離《り》為《い》火《か》　明智光秀

天正十年五月二十二日
近江　坂本城

一

近江坂本の城は、水城である。
縄張りは、明智光秀が自分で手がけた。
鳰《にお》の海に突き出した本丸には、高い石垣の上に四層の天守が聳《そび》えている。
安土の城とくらべると、いささか小ぶりだが、それでも、朱塗りの柱がならぶ望楼と、黒漆で塗られた下の三層とが、いかにも壮麗な姿であたりを睥睨《へいげい》している。

本丸と堀をはさんで、二の丸、三の丸がある。

堀のはずれに、船入《ふないり》がある。

いまも、数十艘《そう》の丸子舟《まるこぶね》がつながれ、人足たちが菰《こも》で包んだ荷をかつぎ下ろし、荷車に積み替えている。

光秀は、望楼の扉を開けると、その光景を近衛前久《このえさきひさ》に見せた。

四方の扉をすべて開けると、湖水をわたってくる夏の風が、ここちよく望楼を吹き抜けた。空はよく晴れ、ひろびろとした水面《みなも》の青さがまばゆい。白い帆を掛けた丸子船が数艘、こちらに向かってくる。

「たいそうな荷でおじゃるな」

近衛前久《このえさきひさ》が口を開いた。

前久は、ついさきほど、連歌師の里村紹巴《さとむらじょうは》をつれて、この坂本城を訪ねてきた。安土の城から輿《こし》に乗って来たのだという。

「この城は、なんというても鳰の海の喉仏《のどぼとけ》でござってな。湖北からの船が多い」

「湖北といえば、塩津《しおつ》でおじゃろうか」

前久の問いかけに、光秀はうなずいた。

「さよう。塩津と海津《かいづ》がござる」

どちらも、鳰の海の北端にある湊《みなと》である。

北陸の物産は、船で越前の敦賀《つるが》に、山陰の物産は、若狭《わかさ》の小浜《おばま》に運ばれる。そこで一度陸揚げされて山道を通り、塩津、海津の湊で丸子船に積み直され、鳰の海を渡ってここまでくる。

安土にまわる船もあるが、数からいえば、なんといっても、この坂本に来る船が多い。ここで下ろされた荷は、また陸路で京の都に運ばれるのである。

「ちかごろ、柴田殿が、さかんに北陸の物産を送ってこられる。これが京でよく売れるようでな」

織田家では、各軍団の軍費は、それぞれの部隊が調達する。

領国で徴収した米や物産を、柴田勝家は京で売り、軍費としている。税として徴収した物ばかりでなく、柴田は、海産物や特産の塗物を買い付けて、京で売り、利を得ているようだ。坂本の城は、その重要な中継点である。むろん、仕切っているのは柴田の家来たちで、明智としては湊を使わせているだけだ。

「ふむ。柴田殿は、ご活躍じゃな」

「まこと、越中まで果敢に攻め入っておられます。この調子でいけば、上杉を落とすのも間もなくでござろう」

柴田は、いま、越中の魚津《うおづ》にいる。

越後の上杉景勝は、しきりと反織田勢力を結集しようとしていたが、本願寺は摂津の石山から退去して力を失い、甲斐、信濃を領していた武田家は滅んだ。いまや、上杉も風前の灯火《ともしび》だといってよい。

「明智殿は、いつ出陣なさるのかな」

前久がたずねた。光秀は、備中で毛利を攻めている秀吉に加勢するよう、信長から命じられている。

「ここの仕置きと仕度に、あと二日か三日。それから亀山に帰り、丹波のことを定め、軍備を整えます。まずは、六月はじめの出立になろうかと存ずる」

留守にするからには、所領である湖西の志賀郡の取り締まりを、きちんとすませておかなければならない。在郷の侍のうちで、連れていく者と残す者を分け、残る者にはこまごました仕置きを言い含めておく。

「なるほど」

前久は、着いた早々、人払いのできる場所を、と言ったので、光秀みずから望楼に案内した。

しかし、すぐに用件を切り出す気配はない。

縹色《はなだいろ》の直衣《のうし》を着た前久が、廻縁《まわりえん》を歩いて、湖水を眺めた。直衣は、公家の日常着だが略儀の礼装ともなる。袖《そで》も前身頃《まえみごろ》も、たっぷりの布で仕立ててあるし、指貫《さしぬき》の袴《はかま》もたいそう太めで歩くたびに、盛大な衣《きぬ》擦《ず》れの音がする。

その音が、前久を異界からの来訪者に思わせた。

安土で会ったとき、紹巴は謎めいたことを口走っていた。

——帝《みかど》からのお言葉がございます。

それを坂本の城で伝えると言っていた。帝の言葉なら、詔勅であろう。前久が来たのは、それを伝えるためなのか。

東の空高く、午前の日輪が白く輝いている。青い湖水のかなたは茫《ぼう》漠《ばく》として、はるかむこうの安土山は、霞《かす》んで見えない。

紹巴は、と見れば、扉の内にすわったまま憔悴《しょうすい》しきったようすで肩を落としている。暑気中《あた》りでもしているのかもしれない。

「あらためて、お伝えせねばならぬことがおじゃる」

湖水を見つめていた前久が、光秀に向き直り、玄妙な声を出した。

直衣の袖を大仰にさばいて望楼の内に入ると、北の扉を背にしてすわった。

手には、紙を張った夏用の蝙蝠扇《かわほりおうぎ》を立てている。

「四方の扉を閉めよ」

前久が、紹巴に向かって命じた。立ち上がった紹巴が、光秀にも聞こえるほど深いため息をつきながら、ひとつずつ、扉を閉ざした。

「下の重、その下の重にも人がおらぬかあらため、天守から人を払え」

「かしこまりました」

紹巴が階《きざはし》を降りると、階下に控えていた侍とやり取りする声が聞こえた。階を登ってくる足音がして、侍が顔をのぞかせた。

「殿。まこと、天守の外に出よとの仰せにございましょうか」

「そのようにいたせ」

警固の侍が不審げな顔つきのまま階を降りると、足音がすっかり消えるのを待って、近衛前久が烏帽子《えぼし》を直し、居ずまいを正した。

背筋を伸ばすと、前久の顔から表情が消えた。ゆっくりと口を開いた。

「帝の勅《みことのり》である。謹んで承《うけたまわ》れ」

静かだが、厳かな口調であった。奉書を取り出す気配はない。ただ口頭だけの勅なのか。

光秀は、しぜんと頭《こうべ》を垂れ、両手をついて、額が床につくほどに平伏した。

「今、豊葦原《とよあしはら》の瑞穂《みずほ》の国を平《ことむけ》ん。汝《な》は、帝に仕え奉《たてまつ》らんや」

これから、この国を平定するとの叡慮《えいりょ》である。帝に忠誠心があるかどうかを問われている。

光秀は、顔を上げぬままに口を開いた。

「仕え奉らん」

我ながら驚くほどはっきり答えていた。

前久が大きくうなずいた気配が、平伏している頭の上に感じられた。

「されば、汝は、大神の生大刀《いくたち》をもちて、平《たいら》の朝臣《あそん》を偽《いつわ》り騙《かた》る織田の三郎信長を追い伏《ふ》すべし」

聞いていて、光秀は総身が凍《い》てついた。血が凍り、一切の感覚が遮断された。

主人である織田信長を、御神刀で討ち果たせ、と言われている――。

たしかにそう聞こえた。空耳ではない。

「織田の三郎信長なる者、邪《きたな》き心をもち、このまま世を治《し》らしむれば、万《よろず》の禍《わざわい》ことごとに発《おこ》るべし。信長死すべし。信長死すべし。汝が討ち果たしつれば、わが宮の首《おびと》に任《ま》けん」

邪《よこしま》な信長が治世すれば、禍が起こる。信長は死ぬべきだ。死なねばならぬ。討ち果たせば、そのほうを朝廷の大臣《おとど》に任ずる、との勅命である――。

そこで、前久の言葉がとぎれた。

光秀は、平伏したままじっと動かずにいた。額と背ににじわりと汗が噴き出している。

前久が口にした勅によって、光秀は抜き差しならない立場に追い込まれたのを感じた。

叡慮を聞いてしまった以上、もはや、それに逆らうことはできない。

これほどにも人の運命、世の行く末を左右する言の葉が、いったいどこにあるだろうか。

しかし――。

考えるのも恐ろしい。

信長に刃《やいば》を向けて、無事ですむものかどうか。

呼吸が乱れた。

思考が止まっている。

栄達をもとめ、長い長い旅をしたら、三途《さんず》の川にたどりついたここちである。

両手をついて平伏し、床板を睨《にら》んでいる自分が、とてつもない異《い》形《ぎょう》の存在に感じられた。おのが身ひとつの居心地がわるい。

東の窓の連子《れんじ》格子から射し込む明るい光が、ちょうど床についた手の甲を白々と照らした。

白い光は、正義かもしれない。

「面《おもて》を上げよ」

前久に命じられるままに、光秀は顔を上げた。

「いま白《もう》したのが正親町帝《おおぎまちのみかど》の勅である。謹んで承り、粛々と事を為《な》せ」

「…………」

光秀は返事ができなかった。前久の顔が能面の悪尉《あくじょう》に見えた。かっと目を見開き、こちらを睨みつけている。

叡慮に従わねば、恐ろしき災厄が待ちかまえていると言わんばかりの面持ちである。怨霊《おんりょう》となっても、なお取り憑《つ》きそうな執念がこもっている――と、見えた。

――されど……。

と、喉元まで出かかったが、どうしても言葉にできない。手をついて顔を上げたまま、光秀は、やはり、凍てついているばかりだ。

「討伐の標《しるし》は、のちに下賜《かし》される」

「はっ……」

金縛りにあったように動けぬまま、喉からしぼりだした声だけで返事をした。叡慮のままに動くしかない自分がここにいる。

「亀山に帰る前に、愛宕《あたご》大権現に参籠《さんろう》せよ。紹巴に供をさせるゆえ、戦勝祈願の連歌を興行するがよい。標はそこにて賜れ」

討伐の標というならば節刀《せっとう》であろう。節刀があるなら、光秀が朝《ちょう》で、信長が賊である。心強いことこの上ない。

言い終えると、近衛前久が立ち上がった。立ったまま、光秀を見下ろしている。

「しかと頼んだぞ」

「はっ」

短く、はっきり答えていた。

光秀の答えに満足すると、前久は無表情のまま階を降りて、姿を消した。

望楼に一人残された光秀は、そのまましばらくのあいだ動けずにいた。

強い風に、扉の掛け金がはずれ、大きな音を立てて扉が開いた。熱い風が望楼に吹きこんできても、光秀は身じろぎもしなかった。

二

そのまま、どればかり、じっと動かずにいただろうか。

連子窓から射し込む光で、午《ひる》をとうに過ぎていることに気づいた。

光秀は、立ち上がると、足音高く、急な階を降りた。

下一重の出入り口に、里村紹巴が背を丸めてすわっていた。近衛前久が去ったあとも、命じられたままに、人払いの役を務めていたらしい。

「…………」

声にならない声を発して、紹巴の目が光秀の目にすがりついた。

うなずきもせずに外に出た光秀は、外に控えていた小姓に馬の仕度を命じた。

待っているのももどかしく、そのまま廏《うまや》に向かった。

「いずこに参られます」

本丸の館《やかた》から、娘婿の左馬助秀満《さまのすけひでみつ》があらわれて声をかけた。顔がいぶかしげである。天守から人払いをしたと聞いて、不審に思っていたらしい。

「駆けに行く」

「いずこへ」

「知らん」

吐きすてるように答えていた。

「お供いたしましょうず」

「いらん」

廏に行くと、すでに、鞍《くら》を据えた栗毛の馬が引き出されていた。

小姓から、笞《むち》と手綱を受け取り、螺鈿《らでん》の鐙《あぶみ》に足をかけてまたがると、馬の腹を蹴《け》った。

本丸の大門が開かれた。

橋を渡って二の丸を通り、さらに三の丸も通りすぎて、城の大手門を出た。

馬に笞を強くくれて、湖水に沿った街道を北に駆けた。

晴れた空と銀に輝く湖水が、なんとも爽快《そうかい》だ。夢中になって馬を駆けさせた。

浮御堂《うきみどう》を過ぎたあたりから、鳰《にお》の海はとたんに広さを増す。まさに、〝海〟の名にふさわしい広大さである。

左手には比良《ひら》の峰が濃緑に輝き、毅然《きぜん》と聳えている。

和邇《わに》の浜、蓬莱《ほうらい》の浜を過ぎ、高島の白鬚《しらひげ》神社まで駆けた。その浜で馬を下りると、澄んだ湖水を手ですくって飲んだ。甘露であった。駆けているうちに、小袖を諸肌《もろはだ》脱ぎにしていた。手拭《てぬぐ》いを絞り、体を拭《ふ》いた。

沖に、赤い鳥居が立っている。湖上を往来する船が、遠くからでも白鬚大明神を拝めるように建てたものだ。

そのはるか彼方《かなた》の対岸に、見慣れた山が小さく見えた。横に長いのが繖山《きぬがさやま》。その手前にある小さな丘が、安土山である。

目を凝らせば、天主の赤瓦《あかがわら》の望楼も見えそうである。軒瓦に金をつかっているせいか、その一点だけ陽射しを弾《はじ》いて、燦《きら》めいているようにも見える。

――あの男を殺せというのか。

それが帝の意思であるという。

――おもしろや。

と奮い立つ気概もある。

叡慮にそって、謀叛《むほん》をたくらむ逆臣を斃《たお》したならば、光秀こそ第一等の勲功がある。それこそ征夷《せいい》大将軍であろうが、関白であろうが、朝廷での栄達は望みのままとなろう。

――しかし……。

それは、成功すれば、の話である。

やすやすと討たれる信長ではあるまい。あの男のそばには、いつも精鋭の馬廻衆が鉄壁の囲みを――。

と、考えて、光秀は、いまいちど浜にかがんで湖水をすくって飲んだ。

ふだん、あの男のまわりにいるのは、せいぜい百騎の馬廻衆だけだ。総数十万を動かす総大将ではあっても、近江や畿内《きない》を移動するときは、わずかそればかりの人数を引き連れてどこにでも行く。いったん服従した者がみな、おのれに従うと慢心しきっているのだ。

――ならば……。

好機がないわけではない。

信長は、いずれ、摂津石山に動座する。

その途中を狙えば、たやすく討ち取れるではないか――。

そこまで考えたとき、馬蹄《ばてい》の音がした。

左馬助秀満と数騎の武者が、あとを追って来たのである。

「やっと追いつきましたぞ。いかがなさいました」

光秀は、鷹揚《おうよう》にうなずいた。

「なんでもない。ちと、汗を流したくなったばかりだ」

武者たちが、馬を下り、湖水をすくって飲んでいる。

すでに、日が傾き、湖東の山々が淡い藍色《あいいろ》に霞みはじめている。

「帰るぞ」

光秀は馬にまたがり、いま駆けて来たばかりの道を坂本にもどった。

城にもどると、光秀は一人で天守の望楼に登った。

すでに日は沈み、灯明が二つ立ててある。開け放した扉からは、ただ闇とわずかな星だけが見えている。

ほどなく、呼んでおいた陰陽師《おんみょうじ》の徳玄《とくげん》法師があらわれた。医者が着るような十徳《じっとく》を着ている。

「参上仕《つかまつ》りました」

徳玄法師は、白髪を束ねた五十なかばの男である。易占《えきせん》に通暁《つうぎょう》しているので、出陣の前には必ず易を立てさせる。

「占うてくれ」

「かしこまりました。……して、なにを占《せん》じましょうか」

たずねられて、光秀は言葉に詰まった。

徳玄法師からは、つねづね、直面している課題を煎《せん》じ詰め、一点に絞り込んでから占うべしと言われている。

黙した光秀に向かって、徳玄法師がこころの内を見透かすようにつぶやいた。

「易の六十四卦《ろくじゅうしか》は、宇宙の事象をことごとく占断することができ申す。されど、当人の思慮なくしては、易は立てられず、易を活《い》かすこともでき申さぬ。いま、殿がなされるのは、なにごとでござろうか」

光秀は、瞑目《めいもく》した。

占うべきは、ただひとつ。

信長討伐の勅命を実行に移すべきかどうか――。その一点である。

いくら勅命であっても、勝算がないものなら、為《な》しても詮ない。為すべきではなかろう。このまま亀山に帰り、山陽路に出陣するのが上策である——。

しかし、勝算があるならば、実行に移すべきであろう。我が手で信長を討つのは悪い思案ではない。

信長を討ち果たせるか、否か。

それを占わせたいが、言葉にするのが憚《はばか》られる。

光秀は、目を開き、徳玄法師を見すえた。

徳玄は、学者肌で、けれん味のない男だ。かれこれ二十年前、光秀が越前の朝倉家に仕えていた時に知り合った。

光秀が退転して織田信長に仕えるとき、徳玄も一緒についてきた。

徳玄は、朝倉家の滅亡を正確に予知していた。

この男には、真実を告げる以外にあるまいと、腹を決めた。

「他言無用である。よいな」

目を見すえると、徳玄の強い視線が返ってきた。

「御念までもござらぬ」

光秀は、ゆっくりと口を開いた。

「正親町帝から、勅命が下った。わが主《あるじ》信長を討伐せよとの勅である。

勝算は、ありやなしや」

徳玄は、眉《まゆ》ひとつ動かさなかった。

「しかとうけたまわった。討伐の策はございまするか」

「ある」

はっきり答えた。それはさきほどから思案していた。

信長は、摂津石山に行く前に、京に寄るはずである。泊まるのは、本能寺《ほんのうじ》だ。

僧侶《そうりょ》を退去させ、周囲に堀をめぐらせて、宿館として普請し直してあるが、同宿しているのは、馬廻の百騎。堀は狭く浅いゆえ、一万三千の光秀の手勢で囲めば、なにほどのこともなく、確実に討ち果たせる。

万が一にも討ち漏らしたら——。

その懸念が消えない。

本能寺には、抜け穴が掘ってあるという風聞を耳にしたこともある。まさか穴など掘っていなかろうが、もし、逃がしてしまったら、光秀の身ばかりでなく、一族郎党、みな破滅である。帝の身さえ危ない。

「わが討伐策の成否を占うてくれ」

「かしこまって候。策をお念じなさいませ」

持参した手箱を開くと、徳玄は、筮竹《ぜいちく》と算木《さんぎ》を取り出して小机の上にならべた。

まずは、瞑目して、気息をととのえている。乾坤《けんこん》の悠久を思い、宇宙の淵源《えんげん》に想念を馳《は》せているのだと聞いたことがある。

しずかに瞼を開くと、筒に立ててある筮竹を左手に握った。五十本の中から一本抜き取ると、小机の上の小さな台に立てた。太極《たいきょく》と称し、生々流転を占う易のなかで、変化なき根元の一本である。

ほとばしるほどの気合いを込めると、残りの四十九本を左右の手に分けた。

右手に取り分けた筮竹を机に置き、左手で握った筮竹のうちの一本を抜いて、小指と薬指のあいだに挟んだ。残りを四本ずつ数え、余ったものを薬指と中指のあいだに挟んだ。さらに、机に置いた筮竹も同じように数えて、残った何本かを、中指と人さし指のあいだに挟んだ。

そんな複雑な仕草を延々とくり返し、陰陽《いんよう》の卦を定めていく。

小机のうえの算木は、下から順に、陽、陰、陽、陽、陰、陽、と並んだ。

「上卦、下卦ともに離、すなわち火とあらわれました」

「どちらも火か」

「御意。離為火《りいか》と申す卦にございます」

「離為火……」

「さよう日月《じつげつ》は天に麗《つ》き、百穀草木は土に麗《つ》く。明知をもって正道に麗《つ》けば、すなわち、天下を育てることとなり申す。大人《だいじん》は、この卦を見て、さらに明知を磨き、四方を照らすべし」

光秀は、小机にならんだ算木を見つめていた。事を為すにあたっては、ことのほかよい卦だと徳玄が話した。

「討伐のこと、成就するのは、間違いございませぬ」

光秀は黙ってうなずいた。灯明の炎が風に大きく揺れている。

「初陽は、未明のつまずきをあらわしておりますが、慎んで行けば咎《とが》はなし。二陰は中天の太陽が黄金色に輝いて大吉。三陽は、夕陽にして凶。四陽は、焚《ふん》、死、棄の来たるごとし。焼かれ、殺され、棄《す》てられる卦でございまする。五陰は、不幸な者に涙して心を痛めるならば吉。いちばん上の陽は、王として出征。嘉《さいわい》ありて、敵の首《かしら》を折ると出ております。総じて、邦《くに》を正す道であるとの卦にござる」

「なるほど」

光秀はうなずいた。

気持ちが、大きく実行に傾いた。

三

光秀は、そのまましばらく坐《ざ》して、想念を巡らせた。

討伐を実行するとすれば、たくさんの課題をひとつずつ片づけねばならない。

これから信長の動きをどう監視するか。信長が京に行くのが遅れはせぬか。あるいは、早く大坂に行った場合はどうするか。勅命をいつ家来たちに明かすか。討伐後、織田軍団の武将たちに、どのように伝えるか。毛利などの敵方への処置は……。万が一し損じたときは……。

考えていると、頭が熱を帯びてくる。

それでいて思考は冴《さ》え冴《ざ》えとしている。考えれば考えるほど、討伐策の首尾は上々に仕上がると思えてくる。間違いなく信長を討ち果たし、帝の旗のもと、自分が天下に号令する時がくる。

立ち上がって連子窓から外を見れば、半月が湖水に燦めいている。

すでに深更《しんこう》であった。

望楼から降りて、本丸館の奥の寝所に入った。

薄縁《うすべり》に横になったが、血が騒いで寝つかれない。

襖《ふすま》のむこうに声をかけた。

「熙子《ひろこ》。起きておるか」

「はい」

すぐに返事があった。

「こちらに参れ」

また返事があって、襖がしずかに開いた。

白い帷子《かたびら》を着た熙子が、小さな枕を手に入ってきた。声の調子から、ほかの用ではないと察したらしい。

体をずらして薄縁に場所を空けると、枕を置いた熙子がはにかみながら横たわった。甘い香の薫りがただよった。

光秀は、側女《そばめ》をおかず、妻の熙子だけを愛《いつく》しんでいる。やわらかい熙子の肌が、光秀には心地よくなじんでいる。

細ひもを解いて帷子を脱がせた。湯文字をはずし、肌をかさねた。

言いようのない満ち足りた感触に、陶然とした。

熙子のからだが、たちまち熱く火照《ほて》った。

若いころ、生国の美濃を出て、二人であちこち流浪した時期がある。

将来の展望はまるでなかったが、どんなみすぼらしい苫屋《とまや》でも、熙子と肌をかさねていれば満ち足りた。生きてあることに、かぎりない充足を感じた。

頬をすり合わせて口を吸った。気が昂《たかぶ》っているせいか、いつになく肌にのめり込んでいく。柔らかい肌のむこうに極楽がある。

想いは熙子も同じらしく、吐息が熱くなった。ゆっくりと互いに求め合い、滔々《とうとう》たる官能に身をゆだね、蕩《とろ》ける秘所に精を放った。

そのまましばらく、微睡《まどろ》んだ。

闇に、目覚めた。

ねっとりと寝汗をかいていた。漆黒の闇が重くのしかかってくる。

いいようのない不安に苛《さいな》まれた。

——無理だ。

どこかに陥穽《かんせい》がある。

信長がやすやすと討たれるはずがない。無謀である。信長を怒らせたら、すべては破滅である。斃したところで、わしにこの国が治められるか。毛利に勝てるか。たとえ勅命でも信長の息子たちはわしに従うまい——。

考えているうちに、心の臓の鼓動が高まった。

ただ、鼓動だけを聞いていた。

生きている。生きている。生きている。

生きて、人は、なにをなすべきか。

熙子を強く抱きしめ、首筋の匂いをかぐと、すこし気持ちが落ち着いた。

あわてることはない。

よく考えることだ。やるもやらぬも、おのれの一存である。考えて、考えて、考えて、どちらかに決すればよい。

柔らかい肌に触れていると、信長に怯《おび》えている自分が愚かに思えてきた。わしには、男として為すべきことがあるのではないのか。

——なにを怖れているのか。

信長は横暴が過ぎる。

このまま天下人《てんかびと》となれば、あの驕慢《きょうまん》さに歯止めがきかなくなるだろう。手をこまねき、放置しておいてよいものか。

諫《いさ》めて聞く男ではない。

信長のこころにあるのは、ただ、天下のすべてを従わせることだけである。

治世——という国家の政と、天下国家のすべてを、おのれのために働かせることを、あの男は同じに考えている。

義のために、立つべきだ——。

そんなささやき声が、内から聞こえてくる。

――義のため。

という言葉が、光秀のなかで大きく浮かび上がり、光彩を放った。

義のためだ。これは、義のための戦いである。朝廷の義。天下の義。天地乾坤の義。誰かがそれを顕《あきら》かにしなければならない。

「いかがなさいました」

煕子が目を覚ました。

「なんでもない」

「…………」

光秀の答えを信じていない気配があった。

しばらく、煕子の肩を抱きながら、闇を睨んでいた。甘えてすり寄ってくる煕子が愛《いと》おしい。

おのれの内に、強い意志が屹立《きつりつ》するのを光秀は感じた。

そのまま言葉にした。

「わしは、大事を為す」

「はい……」

「いかになろうと、わしについてくるか」

「はい。これまで、ずっとそうして参りました」

「流浪の時より、なお艱難《かんなん》の道になるやもしれぬぞ」

「あなたさまのなさることなら、かならず義があると信じておりますゆえ、なにが起ころうと平気でございます」

熙子のことばに、光秀は大きく勇気づけられた。

神籤《みくじ》　明智左馬助秀満

天正十年五月二十六日
丹波　亀山城

一

亀山の城に、雨が降りしきっている。

狭い盆地の小高い丘に建つ城である。雨の日は、館《やかた》の中も外も陰気に暗い。盆地の梅雨は、人の気持ちまで暗くする。

——それにしても、よく降るわい。

明智光秀の娘婿である左馬助秀満《さまのすけひでみつ》は、望楼から城下を眺めていた。

屋根に打ちつける雨音がやけに耳につく。

城下のわずかな家並みのむこうには、水田が広がっている。陰鬱《いんうつ》な雨も、稲と百姓には、なによりのめぐみだろう。

降り出して三日目になるので、近くを流れる大堰川《おおいがわ》は、茶色い濁流をうねらせている。

この川に舟を浮かべれば、保津峡《ほづきょう》という渓谷を通り抜け、わずかの時間で京の西のはずれにある嵐山《あらしやま》まで行くことができる。奇岩の多い危険な急流だが、すぐに京に駆けつけられる地の利がある。

京から見れば、この亀山城が、丹波から山陰に通じる街道の入口である。

今朝がた、坂本の城から母衣武者《ほろむしゃ》が駆け込んできて、今日の夕刻には、光秀と五千人の本隊が帰着すると報《しら》せた。

先にこの城に帰っていた秀満は、出陣の準備を進めていた。

光秀がこちらに戻ってくれば、備中出陣の正式な陣触れを出すことになる。

雨のなかに、旗指物《はたさしもの》の群れが見えた。

青地に白く桔梗《ききよう》の花を染め抜いた明智家の旗印であった。

秀満は望楼を降り、蓑《みの》も笠《かさ》もかぶらず、大手門の前に立った。土塁をかきあげて守りとしている城だが、大手門の周囲だけは石垣が積んである。

待つほどに、軍団の先鋒《せんぽう》がやってきた。

城内の主だった者が、門前にならんで、城主の帰還を迎えた。

雨にうたれた将兵は、悄然《しょうぜん》と足取り重く歩いていた。雨中の行軍でずぶ濡《ぬ》れになって疲れきっているのか、城に着いた喜びも薄そうだ。

「皆の者、さぞや体が冷えておるであろう。熱い汁がたっぷり作ってあるぞ。酒もしたくさせてある。まずは、火にあたって体を温め、着物を乾かすがよい」

秀満が大声を張り上げると、兵たちが歓声をあげた。城に着いた安《あん》堵《ど》が、ようやく湧いてきたようだ。大勢の兵を城内に迎え入れると、行列のなかほどに、馬に乗った明智光秀があらわれた。

——おや。

と、首をかしげたくなるほど、光秀の顔色が青ざめていた。雨に濡れて、よほど冷えているのかもしれない。

「お早いお着きでございました。雨中の行軍にて、お疲れになられたことでございましょう」

光秀は、馬上でなにか考えごとをしていたらしい。すぐには顔を向けなかった。虚《うつ》ろな目が、しばらく秀満の頭上をおよいでいた。

「ああ、出迎えご苦労である」

どこか、ちぐはぐな返事であった。

「湯浴《ゆあ》みのしたくがしてあります。まずは、湯殿《ゆどの》にて温まられるのがよろしゅうございましょう」

「そうさせてもらおう」

こくりとうなずいた光秀が、秀満には不思議な生き物に見えた。

亀山城本丸の板敷きの広間に、明智軍団の重鎮たちが顔をそろえていた。

一族衆の秀満と明智次右衛門《じえもん》、家老格の斎藤利光《さいとうとしみつ》、譜代《ふだい》の溝尾庄《みぞおしよう》兵衛《べえ》、藤田伝五行政《ふじたでんごゆきまさ》が五宿老として重きをなしている。さらには、近江衆の猪飼昇貞《いかいのぶさだ》、磯谷久次《いそがいひさつぐ》、和田秀純《わだひでずみ》、山城衆の佐竹出羽守《さたけでわのかみ》、丹波衆の松田太郎左衛門《まつだたろうざえもん》ら、三十人ばかりの重鎮や侍大将が待っているが、光秀はいっこうにあらわれない。

すでに日が暮れて、とっぷりと暗い。

灯明の光のなかで、一同、出陣についてあれこれと話し合っていたが、その話柄《わへい》も尽きた。

台所には、酒宴のしたくも調っているというのに、総大将の光秀が姿を見せないのでは、運ばせるわけにもいかなかった。

小姓にようすを見にやらせると、まだ、湯浴みをしているという。

「ずいぶんな長湯でござるな」

斎藤利三が、頭を左右に傾けて、首の骨を鳴らしながらつぶやいた。

「まったく」

秀満は、深くうなずいた。

「ようすを見てまいりましょう」

立ち上がって、館のはずれにある湯殿に行った。

「左馬助でござる。お背中をお流しいたしましょう」

戸口の前で声をかけた。

「……ああ。頼もうか」

板戸を開けて入ると、簀《す》の子《こ》に置いた浅い湯桶《ゆおけ》のなかに、腰だけ浸《つ》かって光秀がすわっていた。

桶に指の先を入れると、すでに人肌よりぬるくなっている。

「これではお風邪を召してしまわれますぞ」

「ふん。風邪などひくものか。わしには大切な仕事がある」

「そうでございましょうとも。しかし、まずは熱い湯を運ばせましょう」

小姓を呼んで、桶に何杯も湯を運ばせた。光秀の入っている桶に入れ、肩からもかけた。あたりに湯気が満ちて、光秀の体が熱をおびて朱色に火照《ほて》った。秀満は手拭《てぬぐ》いで力を込めて光秀の背中をこすった。

「そうだな……」

光秀がつぶやいた。さっきまで弛緩《しかん》していた体に、力がみなぎり始めた。背中や肩の筋肉に、張りが出ている。

「いかがなさいましたか」

「決めた」

「……なにを、でござるか」

「いずれ話す。熱い湯を浴びて、迷いが晴れた。礼を言うぞ」

秀満は首をかしげた。やはり光秀はおかしい。坂本の城で、近衛前久と会ってから、どうもなにか重大なことを考えているらしい。

「いったいなにを思案なさっておいでござるか」

「ああ、大将たる者、考えるべきことが多い。さまざまなことを考えねばならん」

なんとも要領を得ない言い方だ。

「軍陣について、なにかご懸念がござるか」

秀満としては、具体的に思案のなかみを知りたい。

「いろいろ気がかりがあったが、すべて思いを定めた。もはや迷いが消えた」

立ち上がった光秀は、湯帷子《ゆかたびら》を羽織って湯を拭うと、新しい下帯をきりりと締め、糊《のり》のきいた直垂《ひたたれ》を着込んだ。

二

光秀を迎えると、広間にいた重臣一同が深々と頭を下げた。

「安土の上様から出陣のご下命があったとの由《よし》、武門の誉れ。祝着《しゅうちゃく》至極《しごく》に存じ上げます」

明智軍団の重臣たちのなかでも、家老格としてもっとも光秀に重用されている斎藤利三が挨拶《あいさつ》した。

「まこと、こたびの出陣は、いかにもよい働き場所を得た心地がする。皆の者にも、たいそう励んでもらいたい」

答える光秀を見て、秀満は、こころの内で、また首をかしげた。

光秀の顔つきがさきほどとはうって変わって晴れ晴れとしているのである。その豹変《ひょうへん》ぶりが気になってしょうがない。さきほど、湯殿で「決めた」とつぶやいていたが、いったい、なにを決めたというのだろうか。

こんどの出陣の委細について、光秀のほうから、なにか存念を述べるかと待ったが、ことばは続かなかった。

斎藤利三が、扇子の先で床を突いて、口を開いた。

「されば、こたびは、備中高松城を攻める羽柴秀吉殿へのご加勢とうけたまわりました」

それは、一足先にこの城にもどった秀満が話しておいた。

「さよう。その旨のご下命である」

光秀が大きくうなずいた。湯上がりのせいか、頭皮のつやがよく、灯明の光をよく照り返している。

「されば、そのあとは、いかがなりましょうや」

斎藤がたずねた。

「あと、……とは」

光秀が、怪訝《けげん》げに眉《まゆ》を曇らせた。

「備中の城などは、われらが援軍に駆けつければ、ほどなく落とせましょう。しかし、そのまま羽柴殿の麾下《きか》にくみ込まれて山陽路を攻めるのであれば、われらには賜る領国がござらぬ」

明智軍団の誰もが懸念していることだった。斎藤がつづけて論じた。

「備中を落とした後は、そこから北に軍を進め、伯耆から出雲、石見と山陰路を攻めるのが、われらにとってなによりでござる。出雲の鉄、石見の銀を掌中に収めれば、またとない力となります」

それは、大きな戦略として、光秀と重臣たちが、かねがね望んできたことだ。

羽柴秀吉は、播磨生野《いくの》の銀山と、千種《ちくさ》の鉄を手に入れて、軍費の調達がたやすくなった。多くは安土に献上するにしても、かなり手元に残るだろう。

それを手にできなかった明智の家中としては、ぜひ山陰路を攻めたいところだ。

信長も、そう考えている――と、光秀は、かねて家臣に話していた。

これから羽柴秀吉の援軍として山陽路に転戦するのであれば、その点をきちんと再確認しておきたい。

羽柴は、山陽から。

明智は、山陰から。

力を合わせつつ、毛利を攻めるのなら、互いに大きな利がある。

「そのことなら、案ずるまでもない」

光秀が快活に答えた。

「と、おっしゃいますと」

「心配はいらぬということだ」

「どのように心配がいらぬということでござろうか」

斎藤がかさねてたずねると、光秀が不機嫌な色を浮かべて口元をゆがめた。

「わしが、案ずるなというたら、案ずる必要などないということだ」

一同が黙した。どうにもよい理屈には聞こえない。不満げな顔色を光秀が読みとった。

「ならば、わしから改めて問いたい。皆は、わしに命を預けてくれるか」

光秀が一同を眺めまわした。

「もとより命はお預けしております。なぜ、わざわざそのようなことをお訊《たず》ねになりますか。わたしには、殿のお気持ちのほうが解《げ》せませぬ」

秀満が、思ったままを口にした。

「ありがたし。感無量である」

光秀が大きく何度もうなずいた。

「流浪の身だった昔を思い返せば、いまのわしは、夢のごとき出頭人である。朝倉に仕え、織田家に仕え、ようやく、ここまでになれた。皆のおかげだと、この光秀、常住坐臥《じょうじゅうざが》、感謝を忘れたことはないぞ」

目が潤んでいる。ほんとうに感激しているらしい。

「なにをおっしゃいます。常に明晰《めいせき》なる殿の采配《さいはい》があればこそ、ここまでになれました」

一族衆の明智次右衛門が両手をついて平伏した。流浪の昔を知っている者にとって、いくつもの城持ち大名になった現在の地位は、たしかに夢物語にちがいなかろう。

「ありがたい、ありがたい、とわしは常に念じておる。皆に願いたい。これからも、よろしく頼み入る」

光秀が頭を下げた。

「おっしゃるまでもないこと」

「この命に代えましても」

一座からそんな声が上がった。

「そう言うてくれれば心強い。どこまでもわしについて来てくれるな」

光秀の目がさらに潤んだ。

「むろんでござる」

「御念にはおよびませぬ」

光秀の感激が一座に伝染したが、秀満はかえって白々とした気持ちになった。今日の光秀は、やはりどこかがちぐはぐだ。

「わしを信じてついてくるなら、皆を国持ち大名にすることができる」

そのことばに、座がざわめいた。光秀は平然としている。

扇の先で、床を鳴らした者がいた。斎藤利三であった。

「気宇壮大なるは、大将として大切な資質と存ずる。されど、評定《ひょうじょう》にての大風呂敷《おおぶろしき》は、殿にはお似合いにならない」

毅然《きぜん》とした斎藤の口調には、説得力があった。

斎藤利三は、美濃の生まれで、まだ五十にはならない。はじめ斎藤道三の息子義龍に仕えていたが、稲葉一鉄、織田信長と主《あるじ》を替え、光秀に仕えるようになったのは、たかだか二年前だ。

それでも、気骨と知略があり、なお、あらゆる方面によく気がついて、軍勢の采配にも長《た》けているので、たちまち光秀に信頼されて家老として遇されている。

ふだんは、丹波黒井《くろい》の城にいて、一万石の知行《ちぎょう》を領する身であるが、山陰路に大勢の諜者《ちょうじゃ》を送り込み、攻めどころのさぐりを入れている。

斎藤が山陰路にこだわったのは、それなりの戦略的な見込みがあってのことだ。斎藤は冷静に明智家があるべき姿を見すえている。

「よいではないか、たまに大風呂敷を広げるくらいは。わしも軽口くらいは叩《たた》くことがある」

「軽口は酒の席で叩きなさるがよい。評定での軽口を、妄言といいますぞ」

唇を噛《か》んで、光秀が斎藤を見すえた。なにか言い返すかと思ったが、ちいさく頭を下げた。

「斎藤は聡明《そうめい》だ。その聡明さこそ、なによりの明智の力。ぜひとも力を貸してほしい」

「なにをいまさら」

「いや、出陣の前じゃ。あらためて頼んでおきたい。わしに、ついてきてくれるな」

光秀が潤んだ目でじっと斎藤を見すえている。

「しかし、皆を国持ち大名にするとは、どのような仰せと承《うけたまわ》ればよいのか、拙者にはとんと分かり申さぬ」

しばらく瞑目《めいもく》してから、光秀が答えた。

「いずれ、すべてが手に入るということだ」

「すべて、とは……」

「望む国がすべて、ということだ」

光秀の言い方が、あまりにさらっとしていたので、一同が顔を見合わせた。

低声《こごえ》で話すばかりで、大声でなにかを述べる者はいなかった。斎藤は腕を組んで考え込んでいる。

「いずれにせよ、合戦は勝たねば意味がない」

光秀がよく通る声で言った。

「むろんのこと」

斎藤が大きくうなずいて答えた。

「われらが先頭に立って、勝てばよいのだ」

またしても、みょうにさらりと、それでいて力強く光秀が断言した。

しばらく沈黙があった。一同、なにかみょうな気配を感じている。

「先鋒を許していただけるなら、いくらでも駆けて敵を討ち取りましょう」

近江衆の猪飼が野太い声を上げた。

「頼むぞ。どこでどう戦うかは、わしに任せるがよい。おまえたちの働き場所は、ちゃんと見つけてくる」

そう言われてしまうと、家臣としては、もはや返すことばがない。山陰であろうが、山陽であろうが、命じられた場所で、命じられた敵と戦うばかりである。

大勢の武将を抱える織田家の軍団のなかで、明智の衆がどの方面で、どのような任務を与えられるかは、信長と光秀とのあいだでしか決まらない。そこには、この場にいる重臣といえども口をはさむことができない。

「されば、いま一度、一同に願いたい。わしを信じて、わしの下知《げち》に従って働いてくれ。けっして悪いようにはせぬ」

真顔になってていねいに頭を下げたので、一座の将たちが平伏した。

呑《の》み込めぬものを感じながら、秀満も手をついて深々と頭を下げた。

顔を上げると、光秀がにこやかな笑顔になっていた。

「評定はこれくらいでよかろう。戦勝を期しての宴《うたげ》じゃ。したくをせい」

光秀が声を張り上げた。

「承知いたしました。宴にいたしましょう。ただ、その前に、いまひとつ、お考えを伺いたい」

斎藤利三が、開いた扇子を頭上にかざし、せっかく生まれたなごやかな空気を壊さぬようにやわらかい声を出した。

「なんだ」

「出陣の触れのことにござる。いつ、この城を出立いたしますか。日が決まっておりますれば、全軍に陣触れを出しまする」

光秀があごを撫《な》でた。

「なるほど、そのこと……」

「丹波衆はすでに仕度がととのっております。先鋒として街道の露払いに駆けさせていただきとう存じます。明朝の出陣とあらば、今宵《こよい》のうちに触れを出しておかねばなりませぬ」

光秀が即座に首を横にふった。

「まあ、待て」

「いや、先鋒の儀ならば、ぜひとも近江衆に賜りたい。われらも準備万端とととのっておるゆえ、明朝の出陣でもよろこんで」

猪飼が大きな声を張り上げた。続いて何人かが先鋒をうけたまわりたいと声を上げた。

「待て待て」

光秀が手の平で制した。

「援軍に参じるのに、露払いの先鋒など無用のこと。こたびは全軍そろっての出陣とする」

「それでは、行軍がやっかいでござろう」

秀満が声をあげた。なにしろ、全軍で一万三千にもおよぶ大軍である。いちどに出陣すれば、道中が混み合って難渋する。二、三千人ずつの部隊に分け、日をずらして出陣したほうがなにかと都合がよい。

その通りに話したが、光秀が首を横にふった。

「いや、こたびは、そろっての出陣とする」

有無を言わさぬ口調でそう宣した。

「では、出陣はいつになさるか」

斎藤がたずねると、光秀が一同の頭上に視線をおよがせた。なにか考えているらしい。

「出陣の日取りは、すでに徳玄法師に易を立てさせた。潮《しお》満つるを待て、と出た。そうであったな」

光秀が、一座のなかの徳玄法師に目をやった。

「御意のとおりにございます」

徳玄が、両手をついて平伏した。

秀満は、徳玄が平伏した間合いに、みょうに出来すぎたものを感じた。

――どこか、おかしい。

いま、光秀から言われたので、法師がとっさに頭を下げたのだという気がしてならない。坂本でのようす、さきほどの湯浴みのときのようすなどを合わせて考えると、光秀は、やはりなにかがちぐはぐだ。

「いずれにせよ、数日のうちに出陣する。そのあいだに寝刃《ねたば》を合わせ、英気を養うように、兵たちに命じておくがよい」

光秀のことばに、一同がまた平伏した。

すぐに小姓たちが膳《ぜん》を運んできたので、雨の陰気さをはらうように、賑《にぎ》やかな宴がはじまった。

三

雨は夜半に上がった。

縁障子が、淡く白んでいる。そろそろ夜明けらしい。

二の丸屋形の薄縁《うすべり》で目覚めた秀満は、まどろみながら、昨夜の光秀のようすを思い出していた。

——やはり、みょうだ。

光秀のようすが、どうにも腑《ふ》に落ちないのである。なにを隠しているのか。いずれ話すと言ったのは、なんのことか。

横になったままそんなことをぼんやり思っていると、突然、大きな鉄炮《てっぽう》の音が聞こえた。

「なにごとか」

弾《はじ》かれるように飛び起きて、障子を開けた。座敷には、家来たちも寝ていたので、何人かを蹴飛《けと》ばした。

鉄炮の音は、方角からして、三の丸の堀のそばでしている。そこなら鉄炮の稽古《けいこ》をする角場《かくば》がある。

二発目は、すぐには聞こえなかった。少なくとも敵襲ではないらしい。しばらくして、また大きな音が轟《とどろ》いた。ちょうど、早合《はやごう》で火薬と玉を込めて撃つほどの間合いであった。

――こんな早朝から稽古か。

明け初《そ》めたばかりの淡い縹色《はなだいろ》の空には、いくらか白雲が浮かんでいるが、雨の雲ではない。今日は晴れそうだ。

「見てこい」

小姓を呼んで、ようすを見に走らせた。

そのあとも、音は同じ間合いで轟いている。

小姓が帰ってきて、稽古しているのは、光秀だと告げた。

昨夜の宴席で、光秀は、重臣の一人ひとりに酒を注《つ》いでまわり、返杯を受けていた。したたかに飲んでいたはずだが、こんな朝早くから炮術の稽古とは、やはり解せない。

小袖《こそで》を着て、井戸端で顔を洗うと、秀満は角場に向かった。

亀山城には、いま一万人の兵士が駐屯している。雨が降っていたので、無理に長屋に詰め込んだ。横になれずに膝《ひざ》を抱いて寝た者もいただろう。

起きてきた者たちが、思い思いの場所で火を熾《おこ》し、陣笠を鍋《なべ》に代用して、粥《かゆ》や雑炊を炊いている。兵ではあるが、いまのようすを見るかぎりは、戦乱で村から逃げ出した農民の群れと、さして変わるところがない。

三の丸の角場に行くと、光秀がいた。

土居《どい》の前に立てた板の的《まと》を、遠くから狙っている。足軽たちに鉄炮の稽古をさせるときは、十五間（約二七メートル）先の的を狙わせるが、光秀は、それより十間ばかりも遠くに立って的を狙っている。

それでも、一尺四方の角板の的に、よく命中しているようだ。離れているので着弾の確認は難しいが、板がずいぶん砕けているのでそれと分かる。

かつて、光秀は、炮術の腕を見込まれて朝倉家に仕官したというくらいだから、鉄炮の稽古は怠ったことがない。

板の的が、玉でぼろぼろになったので、光秀が小姓に命じて、こんどは南蛮胴を土居前の台に置かせた。

見れば、光秀が撃っているのは、十匁《もんめ》の侍筒《さむらいづつ》であった。

それで、音が大きかったのだ。

十匁の玉は、親指の先ほどもある大きなもので、火薬も多く使う。早合で火薬と玉を込めて槊杖《かるか》で突くと、光秀が南蛮胴を狙って、引き金をしぼった。

轟音《ごうおん》と同時に筒先から火が走り、金属の弾ける音がした。命中したのは間違いないが、撃ち抜いたかどうかは、射座からは判別できない。

「たしかめてこい」

命じられた小姓が駆け、的の南蛮胴をあらためた。

「おみごと。撃ち抜いております」

むこうから大声を出して叫んだ。

光秀は、うなずくと、また早合で火薬と玉を込めて、引き金をしぼった。

再び小姓がそばに駆けて的をあらためた。

「撃ち抜いております」

うなずくと、続けざまに五発撃ってから、また小姓を走らせた。

「すべて撃ち抜いております」

小姓の声に、光秀が満足げにうなずいた。

「おみごとにございます」

秀満が背中に声をかけると、光秀がふり返った。

今朝は、昨夜とうって変わって、顔つきが険《けわ》しく引き締まっている。

「いかがなさいましたか」

秀満は、訊ねずにいられなかった。

「なにがだ」

光秀が眉根に皺《しわ》を寄せた。

「いえ、お顔が厳しゅうござる」

「ふん。合戦の前だ。厳しゅうならずしてなんとする」

「いかにも」

そう言われてしまうと、返事に窮した。

「昨夜よりも、さらに思いが堅固になった。もはや一点の迷いもない」

いずれ話す、と言っていた件にちがいない。

「そのこと、お聞かせ願えますか」

「午過《ひる》ぎ、愛宕山に戦勝祈願に行く。同道せよ」

光秀が、厳粛な顔のまま言った。

「かしこまった。重臣たちに知らせておきます」

神前での戦勝祈願なら、主だった侍大将もそろって行うはずだ。

光秀が首を横に振った。

「いらぬこと。おまえだけ同道せよ」

「かしこまった」

その理由をたずねるのが憚《はばか》られるほど、光秀の顔つきに、険しい色が浮んだ。

「出陣まで、まだ数日ある。兵には、城の石垣を積ませよ」

それだけ言うと、光秀は、また鉄炮に玉を込めて南蛮胴を狙って撃った。

秀満は、侍大将たちを集めて、光秀に命じられたとおりに石垣積みを命じた。

一万人もの兵士たちが城内にいて、なにもやることがないとなると博奕《ばくち》か酒に耽《ふけ》るだろう。どちらも喧嘩《けんか》、乱暴、狼藉《ろうぜき》の原因となる。

侍大将が差配して石垣を積ませれば、城の防備を強力にできるばかりでなく、兵士たちになすべき仕事を与えることができる。

石工《いしく》がいないので、山から石を切り出すわけではなく、大堰川の川原から自然石を運ばせて積ませるしかない。どれほどの石垣が積めるかではなく、無為な時間を兵士に過ごさせないことが肝要だった。

午《ひる》を過ぎてから、光秀と秀満は、わずかの供回りを連れただけで、愛宕山に向かった。

京の西にゆるりとした峰を見せる愛宕山の山頂には、愛宕社がある。延喜式《えんぎしき》にも見える古い神社だが、いつしか寺も造営され、山伏の住まう坊もある。霊力の強い山として、崇敬を集めている。

京の町からも遠くないが、亀山の城からは、二里と離れていない。山道を馬で行けば、なにほどのこともなく山頂に着ける。

同行したのは、光秀の子の光慶《みつよし》と、家臣の東行澄《あずまゆきずみ》。あとは、警固の馬廻衆《うままわりしゅう》だけだ。

光秀と妻の熙子のあいだには、子が多かったが、どういうわけか、はじめは女子が続いた。

秀満は、長女の婿だが、次女の玉は、細川忠興に嫁いだ。のちにキリシタンの洗礼を受け、ガラシャの名で知られる娘である。女子が続いたあと、男子が続いて生まれた。末の子は、まだずいぶん小さい。

日の高いうちに、愛宕社に着いた。石段の下に馬をつなぎ、そこから歩いた。

神殿で、神主から祓《はら》いを受けた。戦勝祈願の祝詞《のりと》が、みょうに長たらしくもってまわったふうに感じられた。

客殿で茶の湯の接待を受け、菓子を食べた。

石段を降りて、さっきとは違う道を行くと、京の町が見えた。

高い山の頂から見れば、悲しいほど貧弱な町である。

曇天のもと、上京《かみぎょう》と下京《しもぎょう》の家々の屋根の群れのなかに、いくつか大きな屋根が見えている。茶色い檜皮葺《ひわだぶ》きは、内裏《だいり》や近衛家などの屋敷。黒い瓦屋根《かわらやね》は五山などの寺院である。

「さがっておれ」

光秀は、秀満だけを残し、息子や警固の侍たちを遠ざけると、手ごろな石に腰をおろした。手で招かれて隣の石に秀満もすわった。

「ずいぶんと、奇妙に思うておるであろうな」

二人して並んで京の町を眺めているので、光秀の顔は見えない。声の雰囲気からして、落ち着いた顔をしているのだろうと思った。

「御意。いかがなさったのかと案じております」

「おまえには、先に話しておかねばならぬ」

秀満は、つぎの言葉を待ったが、すぐには続かなかった。しばらく、京の町を眺めていた。厚い雲が、西から東へとうごいている。

「重大なことを話す。心して聴け」

「かしこまった」

秀満は、唾《つば》を呑み込んだ。天地がひっくり返っても驚くまいと、腹をくくった。

「帝《みかど》から勅命を賜った。密勅である」

それなら近衛前久が坂本の城に来たときのことだろう。

秀満は、黙って低頭した。勅《みことのり》ならば、頭《こうべ》を垂れて聴くべきだ。

しばらく待ったが、言葉は聞こえてこない。顔を上げると、光秀が、
秀満の顔を見すえていた。

「信長死すべし」

大きく口を開き、はっきりそう口にした。

「…………」

秀満は、腹に力を込めた。

——驚いてはいけない。興奮してはいけない。

懸命に、自分にそう言い聞かせていた。

「信長死すべし……。それが勅だ」

「…………」

しばらく声が出なかった。なんと答えてよいか分からなかった。しかし、勅ならば、返答はひとつしかない。

「しかとうけたまわった」

危うく、声が震えそうになった。総身の肌が粟立《あわだ》っている。

「いましばらく他言は無用とせよ。兵に伝えるのは、最後の最後だ」

「かしこまった」

答えたとき、山の下から風が吹き上げて、秀満の鬢《びん》をそよがせた。

「神籤《みくじ》を引きましょう。吉と出るか、凶と出るか。ぜひ、神意を知りたいものでござる」

低声で告げると、光秀が首をふった。

「いらぬこと。すでに道は決まっておる。ことをなし遂げるのは、神ではない。我らの手だ」
岳父の落ち着いた口調に、秀満は深い信頼を感じた。

ときは今　里村紹巴

天正十年五月二十七日
山城　愛宕山

一

里村紹巴《さとむらじょうは》は、夜明けに京の屋敷を発《た》った。

三人の門弟と荷物持ちの下男、道中用心のための侍をつれて洛中《らくちゅう》を出ると、朝ぼらけの野を西に向かった。

昨夜は、夜半まで雨が降っていたので、野の草が濡《ぬ》れている。むこうに見える愛宕の峰に、まだ白い靄《もや》がかかっている。

一行は、広沢《ひろさわ》の池のほとりから嵯峨野《さがの》を横切り、渓流沿いの谷道に踏み入った。
岩の多い谷をさかのぼると、眼下には、雨上がりの濁った川水が激しく流れていた。
清滝《きよたき》という瀬から、愛宕山への表参道を登った。
坂がきついので、息が切れる。夏のことで、汗も噴き出す。
しばらく登ると、山陰に清水が湧いていた。雨のあとだというのに水は濁っていない。
一息いれて、喉《のど》を潤した。
「難儀な道でございますな」
弟子の昌叱《しょうしつ》が、汗を拭《ぬぐ》いながらつぶやいた。

たしかに急な坂だが、なにしろ参詣者《さんけいしゃ》の多い愛宕権現への参道である。道はよく踏みならされているし、急なところには石段もある。難儀というほどのことはない。

「世にどれほどの難儀があると思うておる。これしきのことが、なんの難儀か」

口にしてから、紹巴は、おのれの言い種《ぐさ》に、刺《とげ》があったのに気づいた。表にあらわすまいと気をつけているつもりだったが、やはり、ところが苛立《いらだ》っているのは、いかんともしがたい。

「……はい」

昌叱がとまどいがちにうなずいた。

ほかの二人の門弟心前《しんぜん》と兼如《けんにょ》は、紹巴のようすにいつもと違うもののを感じているのか、口元を結んだまま黙っている。

紹巴は、なにか言おうと思ったが、やめておいた。これ以上口を開けば、よけいなことまで話してしまいそうだ。

――このたびは、ただの連歌興行ではない。

近衛前久から言いつかった大切な役目があるのである。

「けっして、まわりの者に気取《けど》られてはならぬ」

昨日、近衛邸で、前久からきつくそう言いわたされてきた。そのことをかならず守り通さねばならない。

「わしの命、うぬが命にもかかわることじゃ。こころせよ」

そう告げた前久の顔は、いつになく険しく、ただならぬ気配がただよっていた。

かしこまりました、と、深々と頭を下げて帰ってきた。むろん、紹巴とて、死にたくなどない——。

もう一口、湧き水を飲むと、手拭いで口をぬぐって歩きだした。

——天《あめ》が下は、難儀ばかりじゃ。

そう思わずには、いられない。

世の中は、よんどころない義理と縁《えにし》がからみ合ってできている。義理がもつれてせめぎ合えば、人は、身動きがとれなくなるほどがんじがらめに縛り上げられ、やがて血が噴き出してしまう。

そんなことを思いながら、参道をたどった。なんども通った慣れた道だが、いつになく足は重く、疲れにおそわれた。それでも午《ひる》になる前に、山頂に着いた。

本宮に参って祈禱《きとう》を授かった。

ここには、勝軍地蔵が祀《まつ》ってある。

華麗な甲冑《かっちゅう》を着込み、白馬にまたがった勇ましい地蔵尊である。右手に剣、左手に宝珠を持ち、真正面を向いた彩色の木像は、いつ拝んでも力強さを感じる。かならず戦に勝てる、との功徳が喧伝《けんでん》されているので、武家の参拝が多いのもうなずける。

すこし離れた奥の院には、天狗《てんぐ》である愛宕権現太郎坊がお祀りしてある。

愛宕権現太郎坊は、勝軍地蔵の化身であると考えられていた。勝軍地蔵が本地《ほんじ》で、愛宕権現は、世に現れるための仮のお姿であるということだ。

愛宕山には神も仏も祀られていて、比叡山延暦寺《えんりゃくじ》の末寺である白雲寺《はくうんじ》の僧侶《そうりょ》たちが、山を取り仕切っていた。

山上にある白雲寺には、上之坊、下之坊など僧坊が五つあった。

紹巴と門弟たちは、奥の院には参らず、西之坊威徳院《いとくいん》に入った。山上とはいえ、堂々たる伽藍《がらん》が建っている。

「これは、ようお出ましでございます。山道、さぞ、お疲れでございましょう」

墨染めの衣を着た僧侶が、玄関の式台で両手をついて恭《うやうや》しく迎えた。威徳院の住職行祐《ぎょうゆう》である。

この行祐も、紹巴の連歌の門人だ。その縁で、これまでに、なんどもこの坊に泊まって連歌を興行している。

「なんの。老若男女が登る愛宕の山ぞ。なにほどのこともないわいの」

つとめて穏やかな笑顔をつくって見せた。

草鞋《わらじ》をぬいで足をすすぎ、坊の奥座敷に上がって足を伸ばすと、それでも、ずいぶんくつろいだ。やはり、まもなく還暦を迎える身に山道はつらかった。

「このたびは、明智様、中国出陣を前にした戦勝祈願の参籠《さんろう》とうかがっております。同宿をいっさい断れとのお触れでしたので、さようにいたしました」

行祐の顔が、いささかこわばっている。明智の先駆け武者がすでに着いて、そんな触れをしたのだろう。

ふだん、連歌の興行でここに籠《こ》もるときは、奥の棟を借り切るだけにしている。京の町人たちの参籠も多いので、できるだけ困らせたくないとの配慮からである。

しかし、今日ばかりは、そんなわけにいくまい。

紹巴は、ちいさくうなずいてから、そしらぬふりをして、外を眺めた。

「山上の気は、また格別だな」

白砂と苔《こけ》と岩を配置した庭のむこうに、深い杉木立が見えている。

いずれの杉の木も幹が太く、一本一本に、なにか霊でも宿っていそうな気配がただよっている。京の市中では、どんなに山居《さんきょ》を気どっても、けっしてかもし出せない霊妙な気がここにはある。それを求めればこそ、しばしばこの山に登り、一座で参籠して歌を連ねる。

「市中とはちがって、ここでは、歌にも玄妙なる気韻《きいん》がこもるようでございますな」

行祐が相づちを打った。

たしかに、ここでの興行は、下界とちがって雑念にまどわされることが少ない。山にいれば、誰もが天下を眺めるような壮大な気持ちになれるらしい。

「……さようだな」

紹巴は、あいまいにうなずいた。なにを話していても、懐にしのばせている重大な秘密の文書のことにふれてしまいそうで怖かった。

紹巴は、わざとらしくあくびをかみ殺した。

「どれ、明智様がお着きになるまで、すこし休ませてもらおう。かまわぬかな」

「では小座敷をおつかいくださいませ。薄縁《うすべり》を敷かせますので、横になられるとよろしゅうございます」

「そうさせてもらおう」

行祐にみちびかれて、紹巴は奥の四畳半に入って横になった。

眠りたかったが、とてものこと気持ちが昂《たかぶ》って落ち着かない。腕枕をしたまま、じっと、これからなにが起こるかに考えをめぐらせていた。

二

障子のむこうで人の気配がして、声がかかった。

「明智様がまもなくご到着でございます」

若い僧の声が、紹巴の頭の芯《しん》にひびいた。

紹巴は、一刻《いっとき》ばかり横になったまま、じっと身じろぎもせずにいた。

考えれば考えるほど、紹巴の役目は重大である。

それを思いながら、紹巴は、近衛前久の周到さにあきれていた。

どこかで手筋が狂っても、けっして自分たちは打撃を被らないように考えぬいているのである。

前久から託された勅書を見れば、光秀はかならず動くであろう。

光秀の性格をよく知っている紹巴にもそう思えた。

動くことが、光秀にとって、吉となるか凶となるか——。

それは、分からない。内裏《だいり》にとっても、大きな賭《か》けであることは、まちがいない。

いよいよ、その賭けが切所《せっしょ》にさしかかる。そこを切り抜ける役目を前久から言いつかっている。いまが、その時だ。

「承知した」

答えて、起き上がった。

玄関に出てしばらく待っていると、小袖《こそで》姿の光秀と供の者が門から歩いてあらわれた。

紹巴と三人の門弟が、式台に両手をついて平伏した。

式台に上がった光秀が、手をついて、いたって恭しく頭を下げた。
「お役儀、ご苦労にございまする」
連歌師に対する礼ではなかった。うしろに控えていた僧たちに、と
まどいの空気がながれた。
紹巴は、なにも言わずに平伏したままでいた。
「着替えをいたしますので、しばしお待ちくださいませ」
光秀が、いまいちど、さらに恭しく頭を下げたので、紹巴は額《ひたい》を式
台につけて身を縮めた。
――よいか。なにを言われても、じっと身を縮めておれ。けっして
よけいなことを口にするな。さすれば、光秀は得心する。まちがいな
く得心する。

前久から、そう言われている。紹巴は言われたままに振る舞うしかない。

奥の座敷でしばらく待っていると、黒い束帯に着替え、冠《かむり》をかぶった光秀があらわれた。たっぷりの布をつかった束帯が、光秀が一歩踏み出すたびに、大きな衣擦《きぬず》れの音を立てた。

勅使である紹巴は、茶の湯の宗匠が着るような当たり前の十徳《じっとく》を着て上座にすわっている。勅使の装束ではないが、それも前久の言いつけだった。むろん、連歌師の紹巴は、勅使になれるような身分ではない。隠密裏《おんみつり》という事情が、すべての言い訳になる。

光秀が、そばまで近寄ってくるのを、紹巴は待った。

すこし離れた場所に、光秀が着座すると、供の者たちが襖《ふすま》を閉めた。

室内には、紹巴と光秀の二人だけになった。

——遠すぎる。

この距離では、ずいぶん大きな声で話さなければならない。廊下や隣室で控えている供や僧たちに、すべて聞こえてしまう。

光秀は、両手をついて平伏し、勅使への礼をとっている。

声をかけて近寄ってもらうかとも考えたが、それも大仰であった。

腰を浮かせて、紹巴は、じぶんから光秀のそばに寄った。低声《こごえ》で話しても、聞き取れるほどに近づいた。

「正親町帝《おおぎまちのみかど》の密勅にございます」

油紙に包み、後生《ごしょう》だいじに持参した文書を取り出した。

光秀に正面を向けて差し出した。

平伏したまま、光秀は顔を上げない。紹巴が読み上げるのを待っているのだ。

「御披見くださいますように」

低声でささやくと、やっと顔を上げた。

光秀の顔が、いつになく強張《こわば》っている。

文書の包みを両手で受け取ると、光秀はしばらくじっと見つめていた。

そこに書いてあるべき文字を探し求めるように、目がうごいている。

勅書ならば、その旨の文字が記してあるはずだ。

顔を上げた光秀が、紹巴を見すえた。

紹巴はうなずいた。よけいなことを口にしないために、ただ、うなずいた。

光秀は、文書の包み紙をはずすと、折り畳んであった紙を開いた。

あざやかな墨跡で、ただ一行、したためてある。その文言は、前久から聞いているので、逆さから見ても、紹巴には読める。

ときは今天《あめ》が下《した》しる五月《さつき》哉《かな》

そう書いて、帝《みかど》の花押《かきはん》が記してある。

光秀が息を呑《の》む気配があった。すぐそばにいるので、呼吸とともにとまどいが伝わってくる。

「これは……」

「正親町帝の御意にございます」

「しかし……」

光秀が、勅書の裏を返して眺めた。むろんなにも書いてない。

「これでは、おこころが分かりかねます」

「それが、帝の御意でございます」

紹巴は、また、同じことばをつぶやいた。それ以外の言辞を、けっして口にするなと前久に言いつけられている。

光秀が、紹巴の目をじっと見すえた。こちらの真意をくみ取ろうとしているようだ。

「ここで標《しるし》を授かれとの、近衛殿のお話でござった。標とはこの勅書のことでござろうか」

光秀が不審そうに訊《たず》ねた。

「ここにございます」

紹巴は、自分のうしろに置いてあった布包みを手に取ると、頭上高く捧《ささ》げた。

前に置いて布を取ると、鬱金色《うこんいろ》の太刀袋があらわれた。なかに近衛前久からあずかった太刀が入っている。袋をはずして、太刀を取り出した。金梨子地《きんなしじ》の立派な拵《こしら》えだ。金の飾りが豪奢《ごうしゃ》で美しい。それを捧げて、恭しく差し出した。

――そなたはなにも言うな。

と、前久に釘《くぎ》を刺されている。ただ一行だけの文書とこの太刀を渡すのが紹巴の役目である。

——節刀《せっとう》ではございませぬのか。

そのとき、つい前久に訊ねた。

——吉田の蔵から、古い奉納の太刀を持ってこさせた。よもやのときも、これなら出所はわからぬ。

答えた前久が、苦笑いをした。古い太刀をていねいに磨かせたのだと言った。金は鍍金《ときん》らしいが、細工がよいのでよく光っている。

——とにかく渡しておけ。それでいい。

言われたままに持ってきた。いま、それを捧げている。

太刀を見た光秀が、目を輝かせた。

「これは……」

「帝の御意でございます」

頭を下げた光秀が、手を震わせながら受け取った。よほど感激している らしい。しばらく頭上に頂いてから、やがて目の前に捧げ、しげしげ眺めている。まずは信用したということだ。

——ここが切所だ。

なにも語ってはならなかった。すべて、光秀に感じ取らせなければならない。感じ取らせ、行動にうつさせよ。——近衛前久からくどいほどにそう言いつけられてきた。そのために、紹巴は腹に力を込めて深々とうなずき、沈黙をまもった。

太刀を膝に置いた光秀が、また文書に目を落とした。

「ときは今……、というのは、土岐一族の末裔《まつえい》であるそれがしが、という意味でござろうか」

紹巴は、光秀の目を見すえたまま、何も答えずにうなずいた。

「天が下しる……とは、天下を治める、との謂《いい》でござろうか」

いまいちど、紹巴はうなずいた。しる、には、土地を領有して統治するとの意味がある。

「帝の御意でございます」

うなずき返した光秀が、口のなかでくり返した。

「ときはいま、天が下しる、さつき、かな……」

なんどか呟《つぶや》いているうちに、光秀の顔にほのかに朱がさした。

「帝は、我らが、ここで連歌を張行《ちょうぎょう》するのは、ご存じでござるか」

紹巴はうなずいた。

ことばにして嘘をついたわけではないが、こころは痛んだ。帝が今日のことを知っているかどうか、紹巴は知らない。しかし、ここはうなずくべきところだろう。

「ならば、これを発句《ほっく》にせよとのおこころでござろうな」

紹巴は、また黙ってうなずいた。

光秀の頬がにわかに紅潮した。目が赤く潤んできた。感激しているらしい。

「それがしに、天下を治めよ、との御叡慮《ごえいりょ》でございますな」

紹巴は、ここぞとばかり深々とうなずいた。

「帝のおぼしめしにございます。密勅にござればけっして御他言あらせられませぬように」

光秀も深くうなずき、奉書と太刀を押しいただいて、頭を下げた。

――できた。

紹巴は、内心、胸をなで下ろしたが、けっして顔には出さず、じっと光秀を見つめつづけた。

三

日暮れになって、歌を連ねる者たちが、座敷にあつまった。

光秀は、縹色《はなだいろ》の小袖に着替えている。よく晴れた夏の朝の空のようなすがすがしい色が、紅潮した光秀の顔にさらなる艶《つや》をあたえていた。

「お顔の色が、よろしゅうございますな」

行祐が呟いた。行祐は、さきほど、光秀が束帯姿に着替えたのを見ている。なにか、たいそうな事があるのは感じ取っているらしい。それでも、光秀の顔が曇っていないところから、深刻な事態ではないと察しをつけたようだ。

――深刻になられては困る。

今日の連歌は、毛利征伐の戦勝を祈願しての張行である。深刻になるべき座ではない。

「出陣を前にして、お気持ちが昂っておいでのご様子。武士《もののふ》としていたって当然でございましょう」

紹巴がさりげなく受け流した。

今夜の一座は、光秀と紹巴のほか、ここ西之坊の住持行祐、上之坊大善院《だいぜんいん》の宥源《ゆうげん》、紹巴の三人の弟子、昌叱、心前、兼如、そして、光秀の家臣の東行澄《あずまゆきずみ》、光秀のむすこの光慶《みつよし》の九人である。

互いに無沙汰《ぶさた》を詫《わ》び、時候の挨拶《あいさつ》などをしていると、小僧たちが、三枚の土器《かわらけ》と杯ののった折敷《おしき》をうやうやしく捧げてきた。

土器の皿には、それぞれに打ち鮑《あわび》、搗《か》ち栗、昆布《こんぶ》がのっている。戦勝祈願の肴組《さかなぐ》みであった。

折敷が一同の前にすえられると、光秀の家臣の行澄が、柄《え》の付いた銚子《ちょうし》を手に酒をついでまわった。

紹巴は、折敷に伏せてあった土器の杯を手にすると、酒を受けた。濁り酒を一口飲み、打ち鮑を口にした。打ち延ばして干した硬い鮑をゆっくり噛《か》んで酒を含んだ。殻《から》のまま干し、臼《うす》で搗《つ》いて殻を剥《む》いた搗ち栗を食べ、干した昆布を食べた。打って、勝って、喜ぶの順で食べる陣中の礼法にならっての酒宴だ。

「羽柴様は、備中高松の城を水攻めなさっておいでと伝え聞いておりますが、明智様も、そこに出向かれてご加勢なさるのでございましょうか」

上之坊宥源が、なにげない四方山話《よもやまばなし》の口調でたずねた。宥源は、さきほどやってきたばかりで、束帯すがたの光秀を見ていない。今宵《こよい》の連歌興行を、ただ、戦勝を祈願してのものだと考えているはずだ。

「さようだな」

光秀の返事が、あまりにそっけなく、木で鼻をくくったようだったので、宥源は、話の接ぎ穂をうしない、それ以上重ねてはたずねなかった。

紹巴は、なにか当たり障りのない話題を見つけようと、天候のことを口にした。

「それにつけましても、今年は雨がよく降りますするな」

「まこと、まこと。じつによく降りました」

行祐が五月の雨と秋の実りの関係について語り、しばらくは、それで話が盛り上がった。紹巴の門弟たちが、座を盛り上げようと気をつかって、ことさらに行祐に質問している。

酒で気持ちがほぐれたころ、飯と汁、芋《いも》の煮つけの膳《ぜん》が運ばれてきた。気候の話が一段落したところだったので、一同、黙々と箸《はし》をうごかした。

座敷のなかが、そろそろ暗くなってきた。小僧が、灯明をいくつもともした。

灯明の光に照らされた光秀は、顔を上気させていた。月代《さかやき》のまわりの髪が薄くなった頭も、赤く染まっている。酒の酔いではなく、勅書を賜った高揚が、まだつづいているようだ。

食事が終わって、座をととのえ直した。

料紙と筆、硯《すずり》が、それぞれに配られた。

歌を書きつらねる執筆役の昌叱が、小机に向かって墨を磨《す》りはじめた。

「そろそろと、百韻参ろうか」

光秀は、満ち足りた顔で目を閉じると、口のなかで、なにかを呟いている。

居ずまいをただし、背筋を伸ばすと、筆を執《と》って、左手に持った料紙に書きつけた。

目で読み返して、うなずいた。

口を大きく開いて、太い声でゆっくり詠《よ》み上げた。

「ときは今、天が下しる五月哉……」

光秀の声が、紹巴の耳の奥をえぐり、頭の髄をきりきり絞り上げた。

連歌師として、日々、言の葉をいじりまわして生きているが、ことばが、これほどの痛みをともなって聞こえたのは、生まれて初めてのことだ。

――天下を変える発句だ。

これまで、日《ひ》の本《もと》で、星の数ほどの歌が詠まれ、連歌が張行されたであろうが、この発句ほどに、世の中を揺るがす力をもった句はあるまい、と、紹巴は思った。

――言の葉は恐ろしい。ただの五七五の十七文字に、おそるべき力がある。

そのことに、戦慄《せんりつ》せざるを得ない。

「なるほど、五月雨《さみだれ》の猛々《たけだけ》しさが、よく詠み込まれておりますのう」

行祐が感心している。天を雨と勘違いしているらしい。

「雨が下なる、ではござらぬ。天《てん》のもと、天《あめ》が下しる、でござる」

光秀がゆるりと説明した。

「これはご無礼いたしました。天《あめ》が下しる……、なるほど、天が下、これすべて五月にちがいございませぬな。木々の葉が生い茂る五月は、それほどいきおいのある季節でございますとも。いや、ご無礼、ご無礼」

つぶやいて頭を下げた行祐が、しばし目を閉じた。じっと考えてから、やがて目を開くと、筆を執って料紙に書きつけた。

「では、かように付けさせていただきましょう。……水上《みなかみ》まさる庭の夏山……、いかがでございましょう」

行祐が、光秀を見やった。

光秀が、鷹揚《おうよう》にほほえんだ。

「愛宕ならではの句にござろう」

五月の雨で水音の高い川と山の対比である。平凡だがそつのない脇《わき》句《く》の付けかただ。

――それでいい。

紹巴は満足だった。へんなほうに走られては、いたって迷惑。ことがどこから露見しないともかぎらない。

つぎは、紹巴の番であった。しばらく考えて料紙に書きつけた。

「……花落つる池の流れをせきとめて……」

詠み上げると、宥源が目を細めた。

「さすが、おみごと。いや、宗匠のあとは、やりにくうてかなわぬわい。わしなどは、どうにもそのような可憐《かれん》な情景は思い浮かびませぬ」

しばらく雑談がまじった。そのあいだに、宥源が筆をはしらせた。

「……風に霞《かすみ》を吹き送るくれ……、季節を春にもどしました」

くれ、は、暮れである。春風にもどったのは、紹巴が、花落つる、と詠んだことのつながりである。夏の句は、つづけて三句までしか詠んではいけないし、春の句は三句以上つづける決まりである。連ねていくうちに、季節がめぐるのは、連歌の楽しみだ。

「いや、なかなかけっこう」

一巡めは順に詠んだが、あとは、句を思いついた者がつぎをつなげた。

連歌の座では、春夏秋冬の季の句にこだわるのはもとより、前の句によって、つぎの付句《つけく》に詠み込まねばならない詞《ことば》や、逆に詠んではいけない詞、また、百韻のうちでつかえる回数が決まっている詞、何句かおかねばつかえない詞の分類などが式目として細かく決まっている。

たとえば、雨、雪、露などは降物《ふりもの》、日、月、星などは光物《ひかりもの》と分類され、三句をへだてる約束である。

そんな式目がたくさんあるので、よほどの素養がなければ付句がつくれない。いきおい、紹巴がたくさん詠むことになる。

あれやこれやと話しながら、句を連ねるうちに、夜が更けた。

「……ただよふ雲はいづちなるらん……」

行祐が詠んだあと、光秀がつづけた。

「それなら、こう付けたい。……月は秋、秋はもなかの夜《よ》はの月……」

聞いていて、紹巴は、背筋が寒くなった。

行祐の句は、ただよう雲は、どこに流れていくのかという淡い詠嘆である。

そこに、光秀は、もっとも秋らしい中秋最中《もなか》の満月をもってきて、おのれの張りつめたこころを詠んでいる。

「なるほど、……秋はもなかの夜はの月……とは、なかなか詠めぬ満悦のご心境でございますな」

宥源が褒めた。

――そんなところを褒めずともよい。

紹巴は、気が気ではなかった。ここで勇ましく気持ちの昂った句などを付けてほしくはない。

かといって、光秀の気持ちをくさらせても困る。ただただ風流にながれていくのが一番よい。

「では、こう付けさせていただきましょう。……それとばかりの声ほのかなり……、いや、これはあまりうまくないか」

詠んでから、宥源は自分で首をかしげている。

秋の句のつながりだから、声といえば、雁《かり》が音《ね》であろう。北に帰る雁の声がほのかに聞こえる……と詠んだつもりであろうが、どうにもことば足らずで意味がうまくくみ取れない。

「ほのかなり……。声はほのかにしか届かぬものか」

光秀がくちびるを舐《な》めている。なにか、おのれの未来に不安を感じているようでもある。

——下手くそめ。

紹巴は、内心毒づいた。

光秀の気をくじくのは、なによりまずい。

満月を詠んだのだから、侘《わ》びさせるにしても、なにかもうすこしきりっと付句がほしいところである。こういうときは、恋をもちだすにかぎる。

「それなら、こういたしましょう。……たたく戸の答《いら》へ程ふる袖の露……」

紹巴が、すぐに詠み上げた。

声がほのかなので、女の家をたずねて戸をたたいても、答えが返ってこない。そのため、外に立ったまま、袖が露で濡れてしまった、と、わざと艶っぽい恋の句をつくった。

「……我よりさきにたれちぎるらん……」

そこに、弟子の心前がうまく付けてくれた。女の答えがないのは、じぶんより先に、だれか男がたずねたからか――。みごとな恋の付合《つけあい》になった。

詠み合いは何度もめぐり、終わりにさしかかった。

「……色も香も酔《えい》をすすむる花の本《もと》……」

九十九句めは、心前だった。桜の花のもとでの酒宴のようすである。

百句めは、光秀の息子の光慶がしめくくった。

「……国々は猶《なお》のどかなるころ……」

連歌の最後の挙句《あげく》は、めでたい祝言でしめくくる決まりになっている。桜の咲いたこの国は、じつにのどかで天下泰平である――と、うまいまとめになった。

光慶は、連歌の付合の決まりごとをよく知らぬので、詠んだのはこの一句だけであった。

歌は、横に長く二つ折りにした紙四枚に書きつけられている。それを三方《さんぼう》にのせて、床の間の勝軍地蔵の掛け軸に供えた。

百韻詠み終えたとき、紹巴はくたびれ果てていた。これほど気の張った興行は、初めてであった。

「いや、愉快であった。このように気持ちの入った会は、初めてだ。皆に礼をいうぞ」

光秀は、いたって機嫌がよい。そのことに、紹巴は安堵《あんど》した。

「およろこびいただきまして、なによりでございます」

紹巴は、両手をついて平伏した。

とにもかくにも、これで、役目が果たせた。首尾は悪くない。いや上出来だ。これなら京に帰って、前久によい報告ができる。

しばらく酒を酌み交わし、歌についての雑談に耽《ふけ》った。光秀は古歌についていて、快活によくしゃべった。じつによく古い歌集を読み、精進しているものだと、紹巴はすなおに感心した。

夜も更けたので、おひらきになった。

挨拶をして部屋に引き取ろうとすると、光秀に手招きされた。

そばに寄ると、ほかの者には聞こえぬよう、低声で耳打ちされた。

「天が下を治めるとなれば、わが官職は、やはり征夷《せいい》大将軍がよい。そのこと、帝によしなに伝えてくれ」

紹巴は、全身が凍りついた。

それでも、無理にうなずくと、無言のまま両手をついて平伏した。

本書は、株式会社KADOKAWAのご厚意により、角川文庫『信長死すべし』を底本としました。但し、頁数の都合により、上巻・中巻・下巻の三分冊といたしました。

信長死すべし　中

（大活字本シリーズ）

2021年5月20日発行（限定部数700部）

底　本　角川文庫『信長死すべし』

定　価　（本体3,000円＋税）

著　者　山本　兼一

発行者　並木　則康

発行所　社会福祉法人 埼玉福祉会

埼玉県新座市堀ノ内3—7—31　〒352—0023

電話　048—481—2181

振替　00160—3—24404

印刷製本所　社会福祉法人 埼玉福祉会 印刷事業部

ISBN 978-4-86596-427-1

大活字本シリーズ発刊の趣意

現在，全国で65才以上の高齢者は1,240万人にも及び，我が国も先進諸国なみに高齢化社会になってまいりました。これらの人々は，多かれ少なかれ視力が衰えてきております。また一方，視力障害者のうちの約半数は弱視障害者で，18万人を数えますが，全盲と弱視の割合は，医学の進歩によって弱視者が増える傾向にあると言われております。

私どもの社会生活は，職業上も，文化生活上も，活字を除外しては考えられません。拡大鏡や拡大テレビなどを使用しても，眼の疲労は早く，活字が大きいことが一番望まれています。しかしながら，大きな活字で組みますと，ページ数が増大し，かつ販売部数がそれほどまとまらないので，いきおいコスト高となってしまうために，どこの出版社でも発行に踏み切れないのが実態であります。

埼玉福祉会は，老人や弱視者に少しでも読み易い大活字本を提供することを念願とし，身体障害者の働く工場を母胎として，製作し発行することに踏み切りました。

何卒，強力なご支援をいただき，図書館・盲学校・弱視学級のある学校・福祉センター・老人ホーム・病院等々に広く普及し，多くの人人に利用されることを切望してやみません。